AF547700

GRöLS
Verlage

„Bücher sind wie Fallschirme. Sie nützen uns nichts, wenn wir sie nicht öffnen.“

Gröls Verlag

Redaktionelle Hinweise und Impressum

Das vorliegende Werk wurde zugunsten der Authentizität sehr zurückhaltend bearbeitet. So wurden etwa ursprüngliche Rechtschreibfehler *nicht* systematisch behoben, denn kleine Unvollkommenheiten machen das Buch – wie im Übrigen den Menschen – erst authentisch. Mitunter wurden jedoch zum Beispiel Absätze behutsam neu getrennt, um den Lesefluss zu erleichtern.

Um die Texte zu rekonstruieren, werden antiquarische Bücher von Lesegeräten gescannt und dann durch eine Software lesbar gemacht. Der so entstandene Text wird von Menschen gegengelesen und korrigiert – hierbei treten auch Fehler auf. Wenn Sie ebenfalls antiquarische Texte einreichen möchten, finden Sie weitere Informationen auf www.groels.de

Viel Freude bei der Lektüre wünscht Ihnen das Team des Gröls-Verlags.

Adressen

Verleger: Sophia Gröls, Im Borngrund 26, 61440 Oberursel

Externer Dienstleister für Distribution & Herstellung: BoD, In de Tarpen 42, 22848 Norderstedt

Unsere „Edition | Werke der Weltliteratur" hat den Anspruch, eine der größten und vollständigsten Sammlungen klassischer Literatur in deutscher Sprache zu sein. Nach und nach versammeln wir hier nicht nur die „üblichen Verdächtigen" von Goethe bis Schiller, sondern auch Kleinode der vergangenen Jahrhunderte, die – zu Unrecht – drohen, in Vergessenheit zu geraten. Wir kultivieren und kuratieren damit einen der wertvollsten Bereiche der abendländischen Kultur. Kleine Auswahl:

Francis Bacon • Neues Organon • **Balzac** • Glanz und Elend der Kurtisanen • **Joachim H. Campe** • Robinson der Jüngere • **Dante Alighieri** • Die Göttliche Komödie • **Daniel Defoe** • Robinson Crusoe • **Charles Dickens** • Oliver Twist • **Denis Diderot** • Jacques der Fatalist • **Fjodor Dostojewski** • Schuld und Sühne • **Arthur Conan Doyle** • Der Hund von Baskerville • **Marie von Ebner-Eschenbach** • Das Gemeindekind • **Elisabeth von Österreich** • Das Poetische Tagebuch • **Friedrich Engels** • Die Lage der arbeitenden Klasse • **Ludwig Feuerbach** • Das Wesen des Christentums • **Johann G. Fichte** • Reden an die deutsche Nation • **Fitzgerald** • Zärtlich ist die Nacht • **Flaubert** • Madame Bovary • **Gorch Fock** • Seefahrt ist not! • **Theodor Fontane** • Effi Briest • **Robert Musil** • Über die Dummheit • **Edgar Wallace** • Der Frosch mit der Maske • **Jakob Wassermann** • Der Fall Maurizius • **Oscar Wilde** • Das Bildnis des Dorian Grey • **Émile Zola** • Germinal • **Stefan Zweig** • Schachnovelle • **Hugo von Hofmannsthal** • Der Tor und der Tod • **Anton Tschechow** • Ein Heiratsantrag • **Arthur Schnitzler** • Reigen • **Friedrich Schiller** • Kabale und Liebe • **Nicolo Machiavelli** • Der Fürst • **Gotthold E. Lessing** • Nathan der Weise • **Augustinus** • Die Bekenntnisse des heiligen Augustinus • **Marcus Aurelius** • Selbstbetrachtungen • **Charles Baudelaire** • Die Blumen des Bösen • **Harriett Stowe** • Onkel Toms Hütte • **Walter Benjamin** • Deutsche Menschen • **Hugo Bettauer** • Die Stadt ohne Juden • **Lewis Caroll** • *und viele mehr….*

Heinrich von Kleist

Michael Kohlhaas

Aus einer alten Chronik

(1810)

An den Ufern der Havel lebte, um die Mitte des sechzehnten Jahrhunderts, ein Roßhändler, namens *Michael Kohlhaas*, Sohn eines Schulmeisters, einer der rechtschaffensten zugleich und entsetzlichsten Menschen seiner Zeit. – Dieser außerordentliche Mann würde, bis in sein dreißigstes Jahr für das Muster eines guten Staatsbürgers haben gelten können. Er besaß in einem Dorfe, das noch von ihm den Namen führt, einen Meierhof, auf welchem er sich durch sein Gewerbe ruhig ernährte; die Kinder, die ihm sein Weib schenkte, erzog er, in der Furcht Gottes, zur Arbeitsamkeit und Treue; nicht einer war unter seinen Nachbarn, der sich nicht seiner Wohltätigkeit, oder seiner Gerechtigkeit erfreut hätte; kurz, die Welt würde sein Andenken haben segnen müssen, wenn er in einer Tugend nicht ausgeschweift hätte. Das Rechtgefühl aber machte ihn zum Räuber und Mörder.

Er ritt einst, mit einer Koppel junger Pferde, wohlgenährt alle und glänzend, ins Ausland, und überschlug eben, wie er den Gewinst, den er auf den Märkten damit zu machen hoffte, anlegen wolle: teils, nach Art guter Wirte, auf neuen Gewinst, teils aber auch auf den Genuß der Gegenwart: als er an die Elbe kam, und bei einer stattlichen Ritterburg, auf sächsischem Gebiete, einen Schlagbaum traf, den er sonst auf diesem Wege nicht gefunden hatte. Er hielt, in einem Augenblick, da eben der Regen heftig stürmte, mit den Pferden still, und rief den Schlagwärter, der auch bald darauf, mit einem grämlichen Gesicht, aus dem Fenster sah. Der Roßhändler sagte, daß er ihm öffnen solle. Was gibts hier Neues? fragte er, da der Zöllner, nach einer geraumen Zeit, aus dem Hause trat. Landesherrliches Privilegium, antwortete dieser, indem er aufschloß: dem Junker Wenzel von Tronka verliehen. – So, sagte Kohlhaas. Wenzel heißt der Junker? und sah sich das Schloß an, das mit glänzenden Zinnen über das Feld blickte. Ist der alte Herr tot? – Am Schlagfluß gestorben, erwiderte der Zöllner, indem er den Baum in die Höhe ließ. – Hm! Schade! versetzte Kohlhaas. Ein würdiger alter Herr, der seine Freude am Verkehr der Menschen hatte, Handel und Wandel, wo er nur vermochte, forthalf, und einen Steindamm einst bauen ließ, weil mir eine Stute, draußen, wo der Weg ins Dorf geht, das Bein gebrochen. Nun! Was bin ich schuldig? – fragte er; und holte die Groschen, die der Zollwärter verlangte, mühselig unter dem im Winde flatternden Mantel hervor. „Ja, Alter“, setzte er noch hinzu, da dieser: hurtig! hurtig! murmelte, und über die Witterung fluchte: „wenn der Baum im Walde stehen geblieben wäre, wärs besser gewesen, für mich und Euch“; und damit gab er ihm das Geld und wollte reiten. Er war aber noch kaum unter den Schlagbaum gekommen, als eine neue Stimme schon: halt dort, der Roßkamm! hinter ihm vom Turm erscholl, und er den Burgvogt ein Fenster zuwerfen und zu ihm herabeilen sah. Nun, was gibts Neues? fragte Kohlhaas bei sich selbst, und hielt mit den Pferden an. Der Burgvogt, indem er sich noch eine Weste über seinen weitläufigen Leib zuknüpfte, kam, und fragte, schief gegen die Witterung gestellt, nach dem Paßschein. – Kohlhaas fragte: der Paßschein? Er sagte ein wenig betreten, daß er, soviel er wisse, keinen habe; daß man ihm aber nur beschreiben möchte, was dies für ein Ding des Herrn sei: so werde er vielleicht zufälligerweise damit versehen sein. Der Schloßvogt, indem er ihn von der Seite ansah, versetzte, daß ohne einen landesherrlichen Erlaubnisschein, kein Roßkamm mit Pferden über die Grenze gelassen würde. Der Roßkamm versicherte, daß er siebzehn Mal in seinem Leben, ohne einen solchen Schein, über die Grenze gezogen sei; daß er alle landesherrlichen Verfügungen, die sein Gewerbe angingen, genau kennte; daß dies wohl nur ein Irrtum sein würde, wegen dessen er sich zu bedenken bitte, und daß man ihn, da seine Tagereise lang sei, nicht länger unnützer Weise hier aufhalten möge. Doch der Vogt erwiderte, daß er das achtzehnte Mal nicht durchschlüpfen würde, daß die Verordnung deshalb erst neuerlich erschienen wäre, und daß er entweder den Paßschein noch hier lösen, oder zurückkehren müsse, wo er hergekommen sei. Der Roßhändler, den diese ungesetzlichen Erpressungen zu erbittern anfingen, stieg, nach einer kurzen Besinnung, vom Pferde, gab es einem Knecht, und sagte, daß er den Junker von Tronka selbst darüber sprechen würde. Er ging auch auf die Burg; der Vogt folgte ihm, indem er von filzigen Geldraffern und nützlichen Aderlässen derselben murmelte; und beide traten, mit ihren Blicken einander messend, in den Saal. Es traf sich, daß der Junker eben, mit einigen muntern Freunden, beim Becher saß, und, um eines Schwanks willen, ein unendliches Gelächter unter ihnen erscholl, als Kohlhaas, um seine Beschwerde anzubringen, sich ihm näherte. Der Junker fragte, was er wolle; die Ritter, als sie den fremden Mann erblickten, wurden still; doch kaum hatte dieser sein Gesuch, die Pferde betreffend, angefangen, als der ganze Troß schon: Pferde? Wo sind sie? ausrief, und an die Fenster eilte, um sie zu betrachten. Sie flogen, da sie die glänzende Koppel sahen, auf den Vorschlag des Junkers, in den Hof hinab; der Regen hatte aufgehört; Schloßvogt und Verwalter und Knechte versammelten sich um sie, und alle musterten die Tiere. Der eine lobte den Schweißfuchs mit der Blesse, dem andern gefiel der Kastanienbraune, der dritte streichelte den Schecken mit schwarzgelben Flecken; und alle meinten, daß die Pferde wie Hirsche wären, und im Lande keine bessern gezogen würden. Kohlhaas erwiderte munter, daß die Pferde nicht besser wären, als die Ritter, die sie reiten sollten; und forderte sie auf, zu kaufen. Der Junker, den der mächtige Schweißhengst sehr reizte, befragte ihn auch um den Preis; der Verwalter lag ihm an, ein Paar Rappen zu kaufen, die er, wegen Pferdemangels, in der Wirtschaft gebrauchen zu können glaubte; doch als der Roßkamm sich erklärt hatte, fanden die Ritter ihn zu teuer, und der Junker sagte, daß er nach der Tafelrunde reiten und sich den König Arthur aufsuchen müsse, wenn er die Pferde so anschlage. Kohlhaas, der den Schloßvogt und den Verwalter, indem sie sprechende Blicke auf die Rappen warfen, mit einander flüstern sah, ließ es, aus einer dunkeln Vorahndung, an nichts fehlen, die Pferde an sie los zu werden. Er sagte zum Junker: „Herr, die Rappen habe ich vor sechs Monaten für 25 Goldgülden gekauft; gebt mir 30, so sollt Ihr sie haben.“ Zwei Ritter, die neben dem Junker standen, äußerten nicht undeutlich, daß die Pferde wohl so viel wert wären; doch der Junker meinte, daß er für den Schweißfuchs wohl, aber nicht eben für die Rappen, Geld ausgeben möchte, und machte Anstalten, aufzubrechen; worauf Kohlhaas sagte, er würde vielleicht das nächste Mal, wenn er wieder mit seinen Gaulen durchzöge, einen Handel mit ihm machen; sich dem Junker empfahl, und die Zügel seines Pferdes ergriff, um abzureisen. In diesem Augenblick trat der Schloßvogt aus dem Haufen vor, und sagte, er höre, daß er ohne einen Paßschein nicht reisen dürfe. Kohlhaas wandte sich und fragte den Junker, ob es denn mit diesem Umstand, der sein ganzes Gewerbe zerstöre, in der Tat seine Richtigkeit habe? Der Junker antwortete, mit einem verlegnen Gesicht, indem er abging: ja, Kohlhaas, den Paß mußt du lösen. Sprich mit dem Schloßvogt, und zieh deiner Wege. Kohlhaas versicherte ihn, daß es gar nicht seine Absicht sei, die Verordnungen, die wegen Ausführung der Pferde bestehen möchten, zu umgehen; versprach, bei seinem Durchzug durch Dresden, den Paß in der Geheimschreiberei zu lösen, und bat, ihn nur diesmal, da er von dieser Forderung durchaus nichts gewußt, ziehen zu lassen. Nun! sprach der Junker, da eben das Wetter wieder zu stürmen anfing, und seine dürren Glieder durchsauste: laßt den Schlucker laufen. Kommt! sagte er zu den Rittern, kehrte sich um, und wollte nach dem Schlosse gehen. Der Schloßvogt sagte, zum Junker gewandt, daß er wenigstens ein Pfand, zur Sicherheit, daß er den Schein lösen würde, zurücklassen müsse. Der Junker blieb wieder unter dem Schloßtor stehen. Kohlhaas fragte, welchen Wert er denn, an Geld oder an Sachen, zum Pfande, wegen der Rappen, zurücklassen solle? Der Verwalter meinte, in den Bart murmelnd, er könne ja die Rappen selbst zurücklassen. Allerdings, sagte der Schloßvogt, das ist das Zweckmäßigste; ist der Paß gelöst, so kann er sie zu jeder Zeit wieder abholen. Kohlhaas, über eine so unverschämte Forderung betreten, sagte dem Junker, der sich die Wamsschöße frierend vor den Leib hielt, daß er die Rappen ja verkaufen wolle; doch dieser, da in demselben Augenblick ein Windstoß eine ganze Last von Regen und Hagel durchs Tor jagte, rief, um der Sache ein Ende zu machen: wenn er die Pferde nicht loslassen will, so schmeißt ihn wieder über den Schlagbaum zurück; und ging ab. Der Roßkamm, der wohl sah, daß er hier der Gewalttätigkeit weichen mußte, entschloß sich, die Forderung, weil doch nichts anders übrig blieb, zu erfüllen; spannte die Rappen aus, und führte sie in einen Stall, den ihm der Schloßvogt anwies. Er ließ einen Knecht bei ihnen zurück, versah ihn mit Geld, ermahnte ihn, die Pferde, bis zu seiner Zurückkunft, wohl in acht zu nehmen, und setzte seine Reise, mit dem Rest der Koppel, halb und halb ungewiß, ob nicht doch wohl, wegen aufkeimender Pferdezucht, ein solches Gebot, im Sächsischen, erschienen sein könne nach Leipzig, wo er auf die Messe wollte, fort.

In Dresden, wo er, in einer der Vorstädte der Stadt, ein Haus mit einigen Ställen besaß, weil er von hier aus seinen Handel auf den kleineren Märkten des Landes zu bestreiten pflegte, begab er sich, gleich nach seiner Ankunft, auf die Geheimschreiberei, wo er von den Räten, deren er einige kannte, erfuhr, was ihm allerdings sein erster Glaube schon gesagt hatte, daß die Geschichte von dem Paßschein ein Märchen sei. Kohlhaas, dem die mißvergnügten Räte, auf sein Ansuchen, einen schriftlichen Schein über den Ungrund derselben gaben, lächelte über den Witz des dürren Junkers, obschon er noch nicht recht einsah, was er damit bezwecken mochte; und die Koppel der Pferde, die er bei sich führte, einige Wochen darauf, zu seiner Zufriedenheit, verkauft, kehrte er, ohne irgend weiter ein bitteres Gefühl, als das der allgemeinen Not der Welt, zur Tronkenburg zurück. Der Schloßvogt, dem er den Schein zeigte, ließ sich nicht weiter darüber aus, und sagte, auf die Frage des Roßkamms, ob er die Pferde jetzt wieder bekommen könne: er möchte nur hinunter gehen und sie holen. Kohlhaas hatte aber schon, da er über den Hof ging, den unangenehmen Auftritt, zu erfahren, daß sein Knecht, ungebührlichen Betragens halber, wie es hieß, wenige Tage nach dessen Zurücklassung in der Tronkenburg, zerprügelt und weggejagt worden sei. Er fragte den Jungen, der ihm diese Nachricht gab, was denn derselbe getan? und wer während dessen die Pferde besorgt hätte? worauf dieser aber erwiderte, er wisse es nicht, und darauf dem Roßkamm, dem das Herz schon von Ahnungen schwoll, den Stall, in welchem sie standen, öffnete. Wie groß war aber sein Erstaunen, als er, statt seiner zwei glatten und wohlgenährten Rappen, ein Paar dürre, abgehärmte Mähren erblickte; Knochen, denen man, wie Riegeln, hätte Sachen aufhängen können; Mähnen und Haare, ohne Wartung und Pflege, zusammengeknetet: das wahre Bild des Elends im Tierreiche! Kohlhaas, den die Pferde, mit einer schwachen Bewegung, anwieherten, war auf das äußerste entrüstet, und fragte, was seinen Gaulen widerfahren wäre? Der Junge, der bei ihm stand, antwortete, daß ihnen weiter kein Unglück zugestoßen wäre, daß sie auch das gehörige Futter bekommen hätten, daß sie aber, da gerade Ernte gewesen sei, wegen Mangels an Zugvieh, ein wenig auf den Feldern gebraucht worden wären. Kohlhaas fluchte über diese schändliche und abgekartete Gewalttätigkeit, verbiß jedoch, im Gefühl seiner Ohnmacht, seinen Ingrimm, und machte schon, da doch nichts anders übrig blieb, Anstalten, das Raubnest mit den Pferden nur wieder zu verlassen, als der Schloßvogt, von dem Wortwechsel herbeigerufen, erschien, und fragte, was es hier gäbe? Was es gibt? antwortete Kohlhaas. Wer hat dem Junker von Tronka und dessen Leuten die Erlaubnis gegeben, sich meiner bei ihm zurückgelassenen Rappen zur Feldarbeit zu bedienen? Er setzte hinzu, ob das wohl menschlich wäre? versuchte, die erschöpften Gaule durch einen Gertenstreich zu erregen, und zeigte ihm, daß sie sich nicht rührten. Der Schloßvogt, nachdem er ihn eine Weile trotzig angesehen hatte, versetzte: seht den Grobian! Ob der Flegel nicht Gott danken sollte, daß die Mähren überhaupt noch leben? Er fragte, wer sie, da der Knecht weggelaufen, hätte pflegen sollen? Ob es nicht billig gewesen wäre, daß die Pferde das Futter, das man ihnen gereicht habe, auf den Feldern abverdient hätten? Er schloß, daß er hier keine Flausen machen möchte, oder daß er die Hunde rufen, und sich durch sie Ruhe im Hofe zu verschaffen wissen würde. – Dem Roßhändler schlug das Herz gegen den Wams. Es drängte ihn, den nichtswürdigen Dickwanst in den Kot zu werfen, und den Fuß auf sein kupfernes Antlitz zu setzen. Doch sein

Rechtgefühl, das einer Goldwaage glich, wankte noch; er war, vor der Schranke seiner eigenen Brust, noch nicht gewiß, ob eine Schuld seinen Gegner drücke; und während er, die Schimpfreden niederschluckend, zu den Pferden trat, und ihnen, in stiller Erwägung der Umstände, die Mähnen zurecht legte, fragte er mit gesenkter Stimme: um welchen Versehens halber der Knecht denn aus der Burg entfernt worden sei? Der Schloßvogt erwiderte: weil der Schlingel trotzig im Hofe gewesen ist! Weil er sich gegen einen notwendigen Stallwechsel gesträubt, und verlangt hat, daß die Pferde zweier Jungherren, die auf die Tronkenburg kamen, um seiner Mähren willen, auf der freien Straße übernachten sollten! – Kohlhaas hätte den Wert der Pferde darum gegeben, wenn er den Knecht zur Hand gehabt, und dessen Aussage mit der Aussage dieses dickmäuligen Burgvogts hätte vergleichen können. Er stand noch, und streifte den Rappen die Zoddeln aus, und sann, was in seiner Lage zu tun sei, als sich die Szene plötzlich änderte, und der Junker Wenzel von Tronka, mit einem Schwarm von Rittern, Knechten und Hunden, von der Hasenhetze kommend, in den Schloßplatz sprengte. Der Schloßvogt, als er fragte, was vorgefallen sei, nahm sogleich das Wort, und während die Hunde, beim Anblick des Fremden, von der einen Seite, ein Mordgeheul gegen ihn anstimmten, und die Ritter ihnen, von der andern, zu schweigen geboten, zeigte er ihm, unter der gehässigsten Entstellung der Sache, an, was dieser Roßkamm, weil seine Rappen ein wenig gebraucht worden wären, für eine Rebellion verführe. Er sagte, mit Hohngelächter, daß er sich weigere, die Pferde als die seinigen anzuerkennen. Kohlhaas rief: „das *sind* nicht meine Pferde, gestrenger Herr! Das sind die *Pferde* nicht, die dreißig Goldgülden wert waren! Ich will meine wohlgenährten und gesunden Pferde wieder haben!“ – Der Junker, indem ihm eine flüchtige Blässe ins Gesicht trat, stieg vom Pferde, und sagte: wenn der H... A... die

Pferde nicht wiedernehmen will, so mag er es bleiben lassen. Komm, Günther! rief er – Hans! Kommt! indem er sich den Staub mit der Hand von den Beinkleidern schüttelte; und: schafft Wein! rief er noch, da er mit den Rittern unter der Tür war; und ging ins Haus. Kohlhaas sagte, daß er eher den Abdecker rufen, und die Pferde auf den Schindanger schmeißen lassen, als sie so, wie sie wären, in seinen Stall zu Kohlhaasenbrück führen wolle. Er ließ die Gaule, ohne sich um sie zu bekümmern, auf dem Platz stehen, schwang sich, indem er versicherte, daß er sich Recht zu verschaffen wissen würde, auf seinen Braunen, und ritt davon.

Spornstreichs auf dem Wege nach Dresden war er schon, als er, bei dem Gedanken an den Knecht, und an die Klage, die man auf der Burg gegen ihn führte, schrittweis zu reiten anfing, sein Pferd, ehe er noch tausend Schritt gemacht hatte, wieder wandte, und zur vorgängigen Vernehmung des Knechts, wie es ihm klug und gerecht schien, nach Kohlhaasenbrück einbog. Denn ein richtiges, mit der gebrechlichen Einrichtung der Welt schon bekanntes Gefühl machte ihn, trotz der erlittenen Beleidigungen, geneigt, falls nur wirklich dem Knecht, wie der Schloßvogt behauptete, eine Art von Schuld beizumessen sei, den Verlust der Pferde, als eine gerechte Folge davon, zu verschmerzen. Dagegen sagte ihm ein ebenso vertreffliches Gefühl, und dies Gefühl faßte tiefere und tiefere Wurzeln, in dem Maße, als er weiter ritt, und überall, wo er einkehrte, von den Ungerechtigkeiten hörte, die täglich auf der Tronkenburg gegen die Reisenden verübt wurden: daß wenn der ganze Vorfall, wie es allen Anschein habe, bloß abgekartet sein sollte, er mit seinen Kräften der Welt in der Pflicht verfallen sei, sich Genugtuung für die erlittene Kränkung, und Sicherheit für zukünftige seinen Mitbürgern zu verschaffen.

Sobald er, bei seiner Ankunft in Kohlhaasenbrück, Lisbeth, sein treues Weib, umarmt, und seine Kinder, die um seine Kniee frohlockten, geküßt hatte, fragte er gleich nach Herse, dem Großknecht: und ob man nichts von ihm gehört habe? Lisbeth sagte: ja liebster Michael, dieser Herse! Denke dir, daß dieser unselige Mensch, vor etwa vierzehn Tagen, auf das jämmerlichste zerschlagen, hier eintrifft; nein, so zerschlagen, daß er auch nicht frei atmen kann. Wir bringen ihn zu Bett, wo er heftig Blut speit, und vernehmen, auf unsre wiederholten Fragen, eine Geschichte, die keiner versteht. Wie er von dir mit Pferden, denen man den Durchgang nicht verstattet, auf der Tronkenburg zurückgelassen worden sei, wie man ihn, durch die schändlichsten Mißhandlungen, gezwungen habe, die Burg zu verlassen, und wie es ihm unmöglich gewesen wäre, die Pferde mitzunehmen. So? sagte Kohlhaas, indem er den Mantel ablegte. Ist er denn schon wieder hergestellt? – Bis auf das Blutspeien, antwortete sie, halb und halb. Ich wollte sogleich einen Knecht nach der Tronkenburg schicken, um die Pflege der Rosse, bis zu deiner Ankunft daselbst, besorgen zu lassen. Denn da sich der Herse immer wahrhaftig gezeigt hat, und so getreu uns, in der Tat wie kein anderer, so kam es mir nicht zu, in seine Aussage, von so viel Merkmalen unterstützt, einen Zweifel zu setzen, und etwa zu glauben, daß er der Pferde auf eine andere Art verlustig gegangen wäre. Doch er beschwört mich, niemandem zuzumuten, sich in diesem Raubneste zu zeigen, und die Tiere aufzugeben, wenn ich keinen Menschen dafür aufopfern wolle. – Liegt er denn noch im Bette? fragte Kohlhaas, indem er sich von der Halsbinde befreite. – Er geht, erwiderte sie, seit einigen Tagen schon wieder im Hofe umher. Kurz, du wirst sehen, fuhr sie fort, daß alles seine Richtigkeit hat, und daß diese Begebenheit einer von den Freveln ist, die man sich seit kurzem auf der Tronkenburg gegen die Fremden erlaubt. – Das muß ich doch erst untersuchen, erwiderte Kohlhaas. Ruf ihn mir, Lisbeth, wenn er auf ist, doch her! Mit diesen Worten setzte er sich in den Lehnstuhl; und die Hausfrau, die sich über seine Gelassenheit sehr freute, ging, und holte den Knecht.

Was hast du in der Tronkenburg gemacht? fragte Kohlhaas, da Lisbeth mit ihm in das Zimmer trat. Ich bin nicht eben wohl mit dir zufrieden. – Der Knecht, auf dessen blassem Gesicht sich, bei diesen Worten, eine Röte fleckig zeigte, schwieg eine Weile; und: da habt Ihr recht, Herr! antwortete er; denn einen Schwefelfaden, den ich durch Gottes Fügung bei mir trug, um das Raubnest, aus dem ich verjagt worden war, in Brand zu stecken, warf ich, als ich ein Kind darin jammern hörte, in das Elbwasser, und dachte: mag es Gottes Blitz einäschern; ich wills nicht! – Kohlhaas sagte betroffen: wodurch aber hast du dir die Verjagung aus der Tronkenburg zugezogen? Drauf Herse: durch einen schlechten Streich, Herr; und trocknete sich den Schweiß von der Stirn: Geschehenes ist aber nicht zu ändern. Ich wollte die Pferde nicht auf der Feldarbeit zu Grunde richten lassen, und sagte, daß sie noch jung wären und nicht gezogen hätten. – Kohlhaas erwiderte, indem er seine Verwirrung zu verbergen suchte, daß er hierin nicht ganz die Wahrheit gesagt, indem die Pferde schon zu Anfange des verflossenen Frühjahrs ein wenig im Geschirr gewesen wären. Du hättest dich auf der Burg, fuhr er fort, wo du doch eine Art von Gast warest, schon ein oder etliche Mal, wenn gerade, wegen schleunigst Einführung der Ernte Not war, gefällig zeigen können. – Das habe ich auch getan, Herr, sprach Herse. Ich dachte, da sie mir grämliche Gesichter machten, es wird doch die Rappen just nicht kosten. Am dritten Vormittag spannt ich sie vor, und drei Fuhren Getreide führt ich ein. Kohlhaas, dem das Herz emporquoll, schlug die Augen zu Boden, und versetzte: davon hat man mir nichts gesagt, Herse! – Herse versicherte ihn, daß es so sei. Meine Ungefälligkeit, sprach er, bestand darin, daß ich die Pferde, als sie zu Mittag kaum ausgefressen hatten, nicht wieder ins

Joch spannen wollte; und daß ich dem Schloßvogt und dem Verwalter, als sie mir vorschlugen frei Futter dafür anzunehmen, und das Geld, das Ihr mir für Futterkosten zurückgelassen hattet, in den Sack zu stecken, antwortete – ich würde ihnen sonst was tun; mich umkehrte und wegging. – Um dieser Ungefälligkeit aber, sagte Kohlhaas, bist du von der Tronkenburg nicht weggejagt worden. – Behüte Gott, rief der Knecht, um eine gottvergessene Missetat! Denn auf den Abend wurden die Pferde zweier Ritter, welche auf die Tronkenburg kamen, in den Stall geführt, und meine an die Stalltür angebunden. Und da ich dem Schloßvogt, der sie daselbst einquartierte, die Rappen aus der Hand nahm, und fragte, wo die Tiere jetzo bleiben sollten, so zeigte er mir einen Schweinekoben an, der von Latten und Brettern an der Schloßmauer auferbaut war. – Du meinst, unterbrach ihn Kohlhaas, es war ein so schlechtes Behältnis für Pferde, daß es einem Schweinekoben ähnlicher war, als einem Stall. – Es war ein Schweinekoben, Herr, antwortete Herse; wirklich und wahrhaftig ein Schweinekoben, in welchem die Schweine aus- und einliefen, und ich nicht aufrecht stehen konnte. – Vielleicht war sonst kein Unterkommen für die Rappen aufzufinden, versetzte Kohlhaas; die Pferde der Ritter gingen, auf eine gewisse Art, vor. – Der Platz, erwiderte der Knecht, indem er die Stimme fallen ließ, war eng. Es hauseten jetzt in allem sieben Ritter auf der Burg. Wenn Ihr es gewesen wäret, Ihr hättet die Pferde ein wenig zusammenrücken lassen. Ich sagte, ich wolle mir im Dorf einen Stall zu mieten suchen; doch der Schloßvogt versetzte, daß er die Pferde unter seinen Augen behalten müsse, und daß ich mich nicht unterstehen solle, sie vom Hofe wegzuführen. – Hm! sagte Kohlhaas. Was gabst du darauf an? – Weil der Verwalter sprach, die beiden Gäste würden bloß übernachten, und am andern Morgen weiter reiten, so führte ich die Pferde in den Schweinekoben hinein. Aber der folgende Tag verfloß, ohne daß es geschah; und als der dritte anbrach, hieß es, die Herren würden noch einige Wochen auf der Burg verweilen. – Am Ende wars nicht so schlimm, Herse, im Schweinekoben, sagte Kohlhaas, als es dir, da du zuerst die Nase hineinstecktest, vorkam. – 's ist wahr, erwiderte jener. Da ich den Ort ein bissel ausfegte, gings an. Ich gab der Magd einen Groschen, daß sie die Schweine woanders einstecke. Und den Tag über bewerkstelligte ich auch, daß die Pferde aufrecht stehen konnten, indem ich die Bretter oben, wenn der Morgen dämmerte, von den Latten abnahm, und abends wieder auflegte. Sie guckten nun, wie Gänse, aus dem Dach vor, und sahen sich nach Kohlhaasenbrück, oder sonst, wo es besser ist, um. – Nun denn, fragte Kohlhaas, warum also, in aller Welt, jagte man dich fort? – Herr, ich sags Euch, versetzte der Knecht, weil man meiner los sein wollte. Weil sie die Pferde, so lange ich dabei war, nicht zu Grunde richten konnten. überall schnitten sie mir, im Hofe und in der Gesindestube, widerwärtige Gesichter; und weil ich dachte, zieht ihr die Mäuler, daß sie verrenken, so brachen sie die Gelegenheit vom Zaune, und warfen mich vom Hofe herunter. – Aber die Veranlassung! rief Kohlhaas. Sie werden doch irgend eine Veranlassung gehabt haben! – O allerdings, antwortete Herse, und die allergerechteste. Ich nahm, am Abend des zweiten Tages, den ich im Schweinekoben zugebracht, die Pferde, die sich darin doch zugesudelt hatten, und wollte sie zur Schwemme reiten. Und da ich eben unter dem Schloßtore bin, und mich wenden will, hör ich den Vogt und den Verwalter, mit Knechten, Hunden und Prügeln, aus der Gesindestube hinter mir herstürzen, und: halt, den Spitzbuben! rufen: halt, den Galgenstrick! als ob sie besessen wären. Der Torwächter tritt mir in den Weg; und da ich ihn und den rasenden Haufen, der auf mich anläuft, frage: was auch gibts? was es gibt? antwortete der Schloßvogt; und greift meinen beiden Rappen in den Zügel. Wo will Er hin mit den Pferden? fragt er, und packt mich an die Brust. Ich sage, wo ich hin will? Himmeldonner! Zur Schwemme will ich reiten. Denkt Er, daß ich –? Zur Schwemme? ruft der Schloßvogt. Ich will dich, Gauner, auf der Heerstraße, nach Kohlhaasenbrück schwimmen lehren! und schmeißt mich, mit einem hämischen Mordzug, er und der Verwalter, der mir das Bein gefaßt hat, vom Pferd herunter, daß ich mich, lang wie ich bin, in den Kot messe. Mord! Hagel! ruf ich, Sielzeug und Decken liegen, und ein Bündel Wäsche von mir, im Stall; doch er und die Knechte, indessen der Verwalter die Pferde wegführt, mit Füßen und Peitschen und Prügeln über mich her, daß ich halbtot hinter dem Schloßtor niedersinke. Und da ich sage: die Raubhunde! Wo führen sie mir die Pferde hin? und mich erhebe: heraus aus dem Schloßhof! schreit der Vogt, und: hetz, Kaiser! hetz, Jäger! erschallt es, und: hetz, Spitz! und eine Koppel von mehr denn zwölf Hunden fällt über mich her. Drauf brech ich, war es eine Latte, ich weiß nicht was, vom Zaune, und drei Hunde tot streck ich neben mir nieder; doch da ich, von jämmerlichen Zerfleischungen gequält, weichen muß: Flüt! gellt eine Pfeife; die Hunde in den Hof, die Torflügel zusammen, der Riegel vor: und auf der Straße ohnmächtig sink ich nieder. – Kohlhaas sagte, bleich im Gesicht, mit erzwungener Schelmerei: hast du auch nicht entweichen wollen, Herse? Und da dieser, mit dunkler Röte, vor sich niedersah: gesteh mirs, sagte er; es gefiel dir im Schweinekoben nicht; du dachtest, im Stall zu Kohlhaasenbrück ists doch besser. – Himmelschlag! rief Herse: Sielzeug und Decken ließ ich ja, und einen Bündel Wäsche, im Schweinekoben zurück. Würd ich drei Reichsgülden nicht zu mir gesteckt haben, die ich, im rotseidnen Halstuch, hinter der Krippe versteckt hatte? Blitz, Höll und Teufel! Wenn Ihr so sprecht, so möcht ich nur gleich den Schwefelfaden, den ich wegwarf, wieder anzünden! Nun, nun! sagte der Roßhändler; es war eben nicht böse gemeint! Was du gesagt hast, schau, Wort für Wort, ich glaub es dir; und das Abendmahl, wenn es zur Sprache kommt, will ich selbst nun darauf nehmen. Es tut mir leid, daß es dir in meinen Diensten nicht besser ergangen ist; geh, Herse, geh zu Bett, laß dir eine Flasche Wein geben, und tröste dich: dir soll Gerechtigkeit widerfahren! Und damit stand er auf, fertigte ein Verzeichnis der Sachen an, die der Großknecht im Schweinekoben zurückgelassen; spezifizierte den Wert derselben, fragte ihn auch, wie hoch er die Kurkosten anschlage; und ließ ihn, nachdem er ihm noch einmal die Hand gereicht, abtreten.

Hierauf erzählte er Lisbeth, seiner Frau, den ganzen Verlauf und inneren Zusammenhang der Geschichte, erklärte ihr, wie er entschlossen sei, die öffentliche Gerechtigkeit für sich aufzufordern, und hatte die Freude, zu sehen, daß sie ihn, in diesem Vorsatz, aus voller Seele bestärkte. Denn sie sagte, daß noch mancher andre Reisende, vielleicht minder duldsam, als er, über jene Burg ziehen würde; daß es ein Werk Gottes wäre, Unordnungen, gleich diesen, Einhalt zu tun; und daß sie die Kosten, die ihm die Führung des Prozesses verursachen würde, schon beitreiben wolle. Kohlhaas nannte sie ein wackeres Weib, erfreute sich diesen und den folgenden Tag in ihrer und seiner Kinder Mitte, und brach sobald es seine Geschäfte irgend zuließen, nach Dresden auf, um seine Klage vor Gericht zu bringen.

Hier verfaßte er, mit Hülfe eines Rechtsgelehrten, den er kannte, eine Beschwerde, in welcher er, nach einer umständlichen Schilderung des Frevels, den der Junker Wenzel von Tronka, an ihm sowohl, als an seinem Knecht Herse, verübt hatte, auf gesetzmäßige Bestrafung desselben, Wiederherstellung der Pferde in den vorigen Stand, und auf Ersatz des Schadens antrug, den er sowohl, als sein Knecht, dadurch erlitten hatten. Die Rechtssache war in der Tat klar. Der Umstand, daß die Pferde gesetzwidriger Weise festgehalten worden waren, warf ein entscheidendes Licht auf alles übrige; und selbst wenn man hätte annehmen wollen, daß die Pferde durch einen bloßen Zufall erkrankt wären, so würde die Forderung des Roßkamms, sie ihm gesund wieder zuzustellen, noch gerecht gewesen sein. Es fehlte Kohlhaas auch, während er sich in der Residenz umsah, keineswegs an Freunden, die seine Sache lebhaft zu unterstützen versprachen; der ausgebreitete Handel, den er mit Pferden trieb, hatte ihm die Bekanntschaft, und die Redlichkeit, mit welcher er dabei zu Werke ging, ihm das Wohlwollen der bedeutendsten Männer des Landes verschafft. Er speisete bei seinem Advokaten, der selbst ein ansehnlicher Mann war, mehrere Mal heiter zu Tisch; legte eine Summe Geldes, zur Bestreitung der Prozeßkosten, bei ihm nieder; und kehrte, nach Verlauf einiger Wochen, völlig von demselben über den Ausgang seiner Rechtssache beruhigt, zu Lisbeth, seinem Weibe, nach Kohlhaasenbrück zurück. Gleichwohl vergingen Monate, und das Jahr war daran, abzuschließen, bevor er, von Sachsen aus, auch nur eine Erklärung über die Klage, die er daselbst anhängig gemacht hatte, geschweige denn die Resolution selbst, erhielt. Er fragte, nachdem er mehrere Male von neuem bei dem Tribunal eingekommen war, seinen Rechtsgehülfen, in einem vertrauten Briefe, was eine so übergroße Verzögerung verursache; und erfuhr, daß die Klage, auf eine höhere Insinuation, bei dem Dresdner Gerichtshofe, gänzlich niedergeschlagen worden sei. – Auf die befremdete Rückschrift des Roßkamms, worin dies seinen Grund habe, meldete ihm jener: daß der Junker Wenzel von Tronka mit zwei Jungherren, Hinz und Kunz von Tronka, verwandt sei, deren einer, bei der Person des Herrn, Mundschenk, der andre gar Kämmerer sei. – Er riet ihm noch, er möchte, ohne weitere Bemühungen bei der Rechtsinstanz, seiner, auf der Tronkenburg befindlichen, Pferde wieder habhaft zu werden suchen; gab ihm zu verstehen, daß der Junker, der sich jetzt in der Hauptstadt aufhalte, seine Leute angewiesen zu haben scheine, sie ihm auszuliefern; und schloß mit dem Gesuch, ihn wenigstens, falls er sich hiermit nicht beruhigen wolle, mit ferneren Aufträgen in dieser Sache zu verschonen.

Kohlhaas befand sich um diese Zeit gerade in Brandenburg, wo der Stadthauptmann, Heinrich von Geusau, unter dessen Regierungsbezirk Kohlhaasenbrück gehörte, eben beschäftigt war, aus einem beträchtlichen Fonds, der der Stadt zugefallen war, mehrere wohltätige Anstalten, für Kranke und Arme, einzurichten. Besonders war er bemüht, einen mineralischen Quell, der auf einem Dorf in der Gegend sprang, und von dessen Heilkräften man sich mehr, als die Zukunft nachher bewährte, versprach, für den Gebrauch der Preßhaften einzurichten; und da Kohlhaas ihm, wegen manchen Verkehrs, in dem er, zur Zeit seines Aufenthalts am Hofe, mit demselben gestanden hatte, bekannt war, so erlaubte er Hersen, dem Großknecht, dem ein Schmerz beim Atemholen über der Brust, seit jenem schlimmen Tage auf der Tronkenburg, zurückgeblieben war, die Wirkung der kleinen, mit Dach und Einfassung versehenen, Heilquelle zu versuchen. Es traf sich, daß der Stadthauptmann eben, am Rande des Kessels, in welchen Kohlhaas den Herse gelegt hatte, gegenwärtig war, um einige Anordnungen zu treffen, als jener, durch einen Boten, den ihm seine Frau nachschickte, den niederschlagenden Brief seines Rechtsgehülfen aus Dresden empfing. Der Stadthauptmann, der, während er mit dem Arzte sprach, bemerkte, daß Kohlhaas eine Träne auf den Brief, den er bekommen und eröffnet hatte, fallen ließ, näherte sich ihm, auf eine freundliche und herzliche Weise, und fragte ihn, was für ein Unfall ihn betroffen; und da der Roßhändler ihm, ohne ihm zu antworten, den Brief überreichte: so klopfte ihm dieser würdige Mann, dem die abscheuliche Ungerechtigkeit, die man auf der Tronkenburg an ihm verübt hatte, und an deren Folgen Herse eben, vielleicht auf die Lebenszeit, krank danieder lag, bekannt war, auf die Schulter, und sagte ihm: er solle nicht mutlos sein; er werde ihm zu seiner Genugtuung verhelfen! Am Abend, da sich der Roßkamm, seinem Befehl gemäß, zu ihm aufs Schloß begeben hatte, sagte er ihm, daß er nur eine Supplik, mit einer kurzen Darstellung des Vorfalls, an den Kurfürsten von Brandenburg aufsetzen, den Brief des Advokaten beilegen, und wegen der Gewalttätigkeit, die man sich, auf sächsischem Gebiet, gegen ihn erlaubt, den landesherrlichen Schutz aufrufen möchte. Er versprach ihm, die Bittschrift, unter einem anderen Paket, das schon bereit liege, in die Hände des Kurfürsten zu bringen, der seinethalb unfehlbar, wenn es die Verhältnisse zuließen, bei dem Kurfürsten von Sachsen einkommen würde; und mehr als eines solchen Schrittes bedürfe es nicht, um ihm bei dem Tribunal in Dresden, den Künsten des Junkers und seines Anhanges zum Trotz, Gerechtigkeit zu verschaffen. Kohlhaas lebhaft erfreut, dankte dem Stadthauptmann, für diesen neuen Beweis seiner Gewogenheit, aufs herzlichste; sagte, es tue ihm nur leid, daß er nicht, ohne irgend Schritte in Dresden zu tun, seine Sache gleich in Berlin anhängig gemacht habe; und nachdem er, in der Schreiberei des Stadtgerichts, die Beschwerde, ganz den Forderungen gemäß, verfaßt, und dem Stadthauptmann übergeben hatte, kehrte er, beruhigter über den Ausgang seiner Geschichte, als je, nach Kohlhaasenbrück zurück. Er hatte aber schon, in wenig Wochen, den Kummer, durch einen Gerichtsherrn, der in Geschäften des Stadthauptmanns nach Potsdam ging, zu erfahren, daß der Kurfürst die Supplik seinem Kanzler, dem Grafen Kallheim, übergeben habe, und daß dieser nicht unmittelbar, wie es zweckmäßig schien, bei dem Hofe zu Dresden, um Untersuchung und Bestrafung der Gewalttat, sondern um vorläufige, nähere Information bei dem Junker von Tronka eingekommen sei. Der Gerichtsherr, der, vor Kohlhaasens

Wohnung, im Wagen haltend, den Auftrag zu haben schien, dem Roßhändler diese Eröffnung zu machen, konnte ihm auf die betroffene Frage: warum man also verfahren? keine befriedigende Auskunft geben. Er fügte nur noch hinzu: der Stadthauptmann ließe ihm sagen, er möchte sich in Geduld fassen; schien bedrängt, seine Reise fortzusetzen; und erst am Schluß der kurzen Unterredung erriet Kohlhaas, aus einigen hingeworfenen Worten, daß der Graf Kallheim mit dem Hause derer von Tronka verschwägert sei. – Kohlhaas, der keine Freude mehr, weder an seiner Pferdezucht, noch an Haus und Hof, kaum an Weib und Kind hatte, durchharrte, in trüber Ahndung der Zukunft, den nächsten Mond; und ganz seiner Erwartung gemäß kam, nach Verlauf dieser Zeit, Herse, dem das Bad einige Linderung verschafft hatte, von Brandenburg zurück, mit einem, ein größeres Reskript begleitenden, Schreiben des Stadthauptmanns, des Inhalts: es tue ihm leid, daß er nichts in seiner Sache tun könne; er schicke ihm eine, an ihn ergangene, Resolution der Staatskanzlei, und rate ihm, die Pferde, die er in der Tronkenburg zurückgelassen, wieder abführen, und die Sache übrigens ruhen zu lassen. – Die Resolution lautete: „er sei, nach dem Bericht des Tribunals in Dresden, ein unnützer Querulant; der Junker, bei dem er die Pferde zurückgelassen, halte ihm dieselben, auf keine Weise, zurück; er möchte nach der Burg schicken, und sie holen, oder dem Junker wenigstens wissen lassen, wohin er sie ihm senden solle; die Staatskanzlei aber, auf jeden Fall, mit solchen Plackereien und Stänkereien verschonen." Kohlhaas, dem es nicht um die Pferde zu tun war – er hätte gleichen Schmerz empfunden, wenn es ein Paar Hunde gegolten hätte – Kohlhaas schäumte vor Wut, als er diesen Brief empfing. Er sah, so oft sich ein Geräusch im Hofe hören ließ, mit der widerwärtigsten Erwartung, die seine Brust jemals bewegt hatte, nach dem Torwege, ob die Leute des Jungherren erscheinen, und ihm, vielleicht gar mit einer

Entschuldigung, die Pferde, abgehungert und abgehärmt, wieder zustellen würden; der einzige Fall, in welchem seine von der Welt wohlerzogene Seele, auf nichts das ihrem Gefühl völlig entsprach gefaßt war. Er hörte aber in kurzer Zeit schon, durch einen Bekannten, der die Straße gereiset war, daß die Gaule auf der Tronkenburg, nach wie vor, den übrigen Pferden des Landjunkers gleich, auf dem Felde gebraucht würden; und mitten durch den Schmerz, die Welt in einer so ungeheuren Unordnung zu erblicken, zuckte die innerliche Zufriedenheit empor, seine eigne Brust nunmehr in Ordnung zu sehen. Er lud einen Amtmann, seinen Nachbar, zu sich, der längst mit dem Plan umgegangen war, seine Besitzungen durch den Ankauf der, ihre Grenze berührenden, Grundstücke zu vergrößern, und fragte ihn, nachdem sich derselbe bei ihm niedergelassen, was er für seine Besitzungen, im Brandenburgischen und im Sächsischen, Haus und Hof, in Pausch und Bogen, es sei nagelfest oder nicht, geben wolle? Lisbeth, sein Weib, erblaßte bei diesen Worten. Sie wandte sich, und hob ihr Jüngstes auf, das hinter ihr auf dem Boden spielte, Blicke, in welchen sich der Tod malte, bei den roten Wangen des Knaben vorbei, der mit ihren Halsbändern spielte, auf den Roßkamm, und ein Papier werfend, das er in der Hand hielt. Der Amtmann fragte, indem er ihn befremdet ansah, was ihn plötzlich auf so sonderbare Gedanken bringe; worauf jener, mit so viel Heiterkeit, als er erzwingen konnte, erwiderte: der Gedanke, seinen Meierhof, an den Ufern der Havel, zu verkaufen, sei nicht allzuneu; sie hätten beide schon oft über diesen Gegenstand verhandelt; sein Haus in der Vorstadt in Dresden sei, in Vergleich damit, ein bloßer Anhang, der nicht in Erwägung komme; und kurz, wenn er ihm seinen Willen tun, und beide Grundstücke übernehmen wolle, so sei er bereit, den Kontrakt darüber mit ihm abzuschließen. Er setzte, mit einem etwas erzwungenen Scherz hinzu, Kohlhaasenbrück sei ja nicht die Welt;

es könne Zwecke geben, in Vergleich mit welchen, seinem Hauswesen, als ein ordentlicher Vater, vorzustehen, untergeordnet und nichtswürdig sei; und kurz, seine Seele, müsse er ihm sagen, sei auf große Dinge gestellt, von welchen er vielleicht bald hören werde. Der Amtmann, durch diese Worte beruhigt, sagte, auf eine lustige Art, zur Frau, die das Kind einmal über das andere küßte: er werde doch nicht gleich Bezahlung verlangen? legte Hut und Stock, die er zwischen den Knieen gehalten hatte, auf den Tisch, und nahm das Blatt, das der Roßkamm in der Hand hielt, um es zu durchlesen. Kohlhaas, indem er demselben näher rückte, erklärte ihm, daß es ein von ihm aufgesetzter eventueller in vier Wochen verfallener Kaufkontrakt sei; zeigte ihm, daß darin nichts fehle, als die Unterschriften, und die Einrückung der Summen, sowohl was den Kaufpreis selbst, als auch den Reukauf, d. h. die Leistung betreffe, zu der er sich, falls er binnen vier Wochen zurückträte, verstehen wolle; und forderte ihn noch einmal munter auf, ein Gebot zu tun, indem er ihm versicherte, daß er billig sein, und keine großen Umstände machen würde. Die Frau ging in der Stube auf und ab; ihre Brust flog, daß das Tuch, an welchem der Knabe gezupft hatte, ihr völlig von der Schulter herabzufallen drohte. Der Amtmann sagte, daß er ja den Wert der Besitzung in Dresden keineswegs beurteilen könne; worauf ihm Kohlhaas, Briefe, die bei ihrem Ankauf gewechselt worden waren, hinschiebend, antwortete: daß er sie zu 100 Goldgülden anschlage; obschon daraus hervorging, daß sie ihm fast um die Hälfte mehr gekostet hatte. Der Amtmann, der den Kaufkontrakt noch einmal überlas, und darin auch von seiner Seite, auf eine sonderbare Art, die Freiheit stipuliert fand, zurückzutreten, sagte, schon halb entschlossen: daß er ja die Gestütpferde, die in seinen Ställen wären, nicht brauchen könne; doch da Kohlhaas erwiderte, daß er die Pferde auch gar nicht loszuschlagen willens sei, und daß er auch einige Waffen, die in der

Rüstkammer hingen, für sich behalten wolle, so – zögerte jener noch und zögerte, und wiederholte endlich ein Gebot, das er ihm vor kurzem schon einmal, halb im Scherz, halb im Ernst, nichtswürdig gegen den Wert der Besitzung, auf einem Spaziergange gemacht hatte. Kohlhaas schob ihm Tinte und Feder hin, um zu schreiben; und da der Amtmann, der seinen Sinnen nicht traute, ihn noch einmal gefragt hatte, ob es sein Ernst sei? und der Roßkamm ihm ein wenig empfindlich geantwortet hatte: ob er glaube, daß er bloß seinen Scherz mit ihm treibe? so nahm jener zwar, mit einem bedenklichen Gesicht, die Feder, und schrieb; dagegen durchstrich er den Punkt, in welchem von der Leistung, falls dem Verkäufer der Handel gereuen sollte, die Rede war; verpflichtete sich zu einem Darlehn von 100 Goldgülden, auf die Hypothek des Dresdenschen Grundstücks, das er auf keine Weise käuflich an sich bringen wollte; und ließ ihm, binnen zwei Monaten völlige Freiheit, von dem Handel wieder zurückzutreten. Der Roßkamm, von diesem Verfahren gerührt, schüttelte ihm mit vieler Herzlichkeit die Hand; und nachdem sie noch, welches eine Hauptbedingung war, übereingekommen waren, daß des Kaufpreises vierter Teil unfehlbar gleich bar, und der Rest, in drei Monaten, in der Hamburger Bank, gezahlt werden sollte, rief jener nach Wein, um sich eines so glücklich abgemachten Geschäfts zu erfreuen. Er sagte einer Magd, die mit den Flaschen hereintrat, Sternbald, der Knecht, solle ihm den Fuchs satteln; er müsse, gab er an, nach der Hauptstadt reiten, wo er Verrichtungen habe; und gab zu verstehen, daß er in kurzem, wenn er zurückkehre, sich offenherziger über das, was er jetzt noch für sich behalten müsse, auslassen würde. Hierauf, indem er die Gläser einschenkte, fragte er nach dem Polen und Türken, die gerade damals mit einander im Streit lagen; verwickelte den Amtmann in mancherlei politische Konjekturen darüber; trank ihm schlüßlich hierauf noch einmal das Gedeihen ihres Geschäfts zu, und entließ ihn. – Als der Amtmann das Zimmer verlassen hatte, fiel Lisbeth auf Knieen vor ihm nieder. Wenn du mich irgend, rief sie, mich und die Kinder, die ich dir geboren habe, in deinem Herzen trägst; wenn wir nicht im voraus schon, um welcher Ursach willen, weiß ich nicht, verstoßen sind: so sage mir, was diese entsetzlichen Anstalten zu bedeuten haben! Kohlhaas sagte: liebstes Weib, nichts, das dich noch, so wie die Sachen stehn, beunruhigen dürfte. Ich habe eine Resolution erhalten, in welcher man mir sagt, daß meine Klage gegen den Junker Wenzel von Tronka eine nichtsnutzige Stänkerei sei. Und weil hier ein Mißverständnis obwalten muß: so habe ich mich entschlossen, meine Klage noch einmal, persönlich bei dem Landesherrn selbst, einzureichen. – Warum willst du dein Haus verkaufen? rief sie, indem sie mit einer verstörten Gebärde, aufstand. Der Roßkamm, indem er sie sanft an seine Brust drückte, erwiderte: weil ich in einem Lande, liebste Lisbeth, in welchem man mich, in meinen Rechten, nicht schützen will, nicht bleiben mag. Lieber ein Hund sein, wenn ich von Füßen getreten werden soll, als ein Mensch! Ich bin gewiß, daß meine Frau hierin so denkt, als ich. – Woher weißt du, fragte jene wild, daß man dich in deinen Rechten nicht schützen wird? Wenn du dem Herrn bescheiden, wie es dir zukommt, mit deiner Bittschrift nahst: woher weißt du, daß sie beiseite geworfen, oder mit Verweigerung, dich zu hören, beantwortet werden wird? – Wohlan, antwortete Kohlhaas, wenn meine Furcht hierin ungegründet ist, so ist auch mein Haus noch nicht verkauft. Der Herr selbst, weiß ich, ist gerecht; und wenn es mir nur gelingt, durch die, die ihn umringen, bis an seine Person zu kommen, so zweifle ich nicht, ich verschaffe mir Recht, und kehre fröhlich, noch ehe die Woche verstreicht, zu dir und meinen alten Geschäften zurück. Möcht ich alsdann noch, setzt' er hinzu, indem er sie küßte, bis an das Ende meines Lebens bei dir verharren! – Doch ratsam ist es, fuhr er fort, daß ich mich auf jeden Fall gefaßt mache; und daher wünschte ich, daß du dich, auf einige Zeit, wenn es sein kann, entferntest, und mit den Kindern zu deiner Muhme nach Schwerin gingst, die du überdies längst hast besuchen wollen. – Wie? rief die Hausfrau. Ich soll nach Schwerin gehen? über die Grenze mit den Kindern, zu meiner Muhme nach Schwerin? Und das Entsetzen erstickte ihr die Sprache. – Allerdings, antwortete Kohlhaas, und das, wenn es sein kann, gleich, damit ich in den Schritten, die ich für meine Sache tun will, durch keine Rücksichten gestört werde. – „O! ich verstehe dich!“ rief sie. „Du brauchst jetzt nichts mehr, als Waffen und Pferde; alles andere kann nehmen, wer will!“ Und damit wandte sie sich, warf sich auf einen Sessel nieder, und weinte. Kohlhaas sagte betroffen: liebste Lisbeth, was machst du? Gott hat mich mit Weib und Kindern und Gütern gesegnet; soll ich heute zum erstenmal wünschen, daß es anders wäre? – – – Er setzte sich zu ihr, die ihm, bei diesen Worten, errötend um den Hals gefallen war, freundlich nieder. – Sag mir an, sprach er, indem er ihr die Locken von der Stirne strich: was soll ich tun? Soll ich meine Sache aufgeben? Soll ich nach der Tronkenburg gehen, und den Ritter bitten, daß er mir die Pferde wieder gebe, mich aufschwingen, und sie dir herreiten? – Lisbeth wagte nicht: ja! ja! ja! zu sagen – sie schüttelte weinend mit dem Kopf, sie drückte ihn heftig an sich, und überdeckte mit heißen Küssen seine Brust. „Nun also!“ rief Kohlhaas. „Wenn du fühlst, daß mir, falls ich mein Gewerbe forttreiben soll, Recht werden muß: so gönne mir auch die Freiheit, die mir nötig ist, es mir zu verschaffen!“ Und damit stand er auf, und sagte dem Knecht, der ihm meldete, daß der Fuchs gesattelt stünde: morgen müßten auch die Braunen eingeschirrt werden, um seine Frau nach Schwerin zu führen. Lisbeth sagte: sie habe einen Einfall! Sie erhob sich, wischte sich die Tränen aus den Augen, und fragte ihn, der sich an einem Pult niedergesetzt hatte: ob er ihr die Bittschrift geben, und sie, statt seiner, nach Berlin gehen lassen wolle, um sie dem Landesherrn zu überreichen. Kohlhaas, von dieser Wendung, um mehr als einer Ursach willen, gerührt, zog sie auf seinen Schoß nieder, und sprach: liebste Frau, das ist nicht wohl möglich! Der Landesherr ist vielfach umringt, mancherlei Verdrießlichkeiten ist der ausgesetzt, der ihm naht. Lisbeth versetzte, daß es in tausend Fällen einer Frau leichter sei, als einem Mann, ihm zu nahen. Gib mir die Bittschrift, wiederholte sie; und wenn du weiter nichts willst, als sie in seinen Händen wissen, so verbürge ich mich dafür: er soll sie bekommen! Kohlhaas, der von ihrem Mut sowohl, als ihrer Klugheit, mancherlei Proben hatte, fragte, wie sie es denn anzustellen denke; worauf sie, indem sie verschämt vor sich niedersah, erwiderte: daß der Kastellan des kurfürstlichen Schlosses, in früheren Zeiten, da er zu Schwerin in Diensten gestanden, um sie geworben habe; daß derselbe zwar jetzt verheiratet sei, und mehrere Kinder habe; daß sie aber immer noch nicht ganz vergessen wäre; – und kurz, daß er es ihr nur überlassen möchte, aus diesem und manchem andern Umstand, der zu beschreiben zu weitläufig wäre, Vorteil zu ziehen. Kohlhaas küßte sie mit vieler Freude, sagte, daß er ihren Vorschlag annähme, belehrte sie, daß es weiter nichts bedürfe, als einer Wohnung bei der Frau desselben, um den Landesherrn, im Schlosse selbst, anzutreten, gab ihr die Bittschrift, ließ die Braunen anspannen, und schickte sie mit Sternbald, seinem treuen Knecht, wohleingepackt ab.

Diese Reise war aber von allen erfolglosen Schritten, die er in seiner Sache getan hatte, der allerunglücklichste. Denn schon nach wenigen Tagen zog Sternbald in den Hof wieder ein, Schritt vor Schritt den Wagen führend, in welchem die Frau, mit einer gefährlichen Quetschung an der Brust, ausgestreckt darnieder lag. Kohlhaas, der bleich an das Fuhrwerk trat, konnte nichts Zusammenhängendes über das, was dieses Unglück verursacht hatte, erfahren. Der Kastellan war, wie der Knecht sagte, nicht zu Hause gewesen; man war also genötigt worden, in einem Wirtshause, das in der Nähe des Schlosses lag, abzusteigen; dies Wirtshaus hatte Lisbeth am andern Morgen verlassen, und dem Knecht befohlen, bei den Pferden zurückzubleiben; und eher nicht, als am Abend, sei sie, in diesem Zustand, zurückgekommen. Es schien, sie hatte sich zu dreist an die Person des Landesherrn vorgedrängt, und, ohne Verschulden desselben, von dem bloßen rohen Eifer einer Wache, die ihn umringte, einen Stoß, mit dem Schaft einer Lanze, vor die Brust erhalten. Wenigstens berichteten die Leute so, die sie, in bewußtlosem Zustand, gegen Abend in den Gasthof brachten; denn sie selbst konnte, von aus dem Mund vorquellendem Blute gehindert, wenig sprechen. Die Bittschrift war ihr nachher durch einen Ritter abgenommen worden. Sternbald sagte, daß es sein Wille gewesen sei, sich gleich auf ein Pferd zu setzen, und ihm von diesem unglücklichen Vorfall Nachricht zu geben; doch sie habe, trotz der Vorstellungen des herbeigerufenen Wundarztes, darauf bestanden, ohne alle vorgängige Benachrichtigungen, zu ihrem Manne nach Kohlhaasenbrück abgeführt zu werden. Kohlhaas brachte sie, die von der Reise völlig zu Grunde gerichtet worden war, in ein Bett, wo sie, unter schmerzhaften Bemühungen, Atem zu holen, noch einige Tage lebte. Man versuchte vergebens, ihr das Bewußtsein wieder zu geben, um über das, was vorgefallen war, einige Aufschlüsse zu erhalten; sie lag, mit starrem, schon gebrochenen Auge, da, und antwortete nicht. Nur kurz vor ihrem Tode kehrte ihr noch einmal die Besinnung wieder. Denn da ein Geistlicher lutherischer Religion (zu welchem eben damals aufkeimenden Glauben sie sich, nach dem Beispiel ihres Mannes, bekannt hatte) neben ihrem Bette stand, und ihr mit lauter und empfindlich-feierlicher Stimme, ein Kapitel aus der Bibel vorlas: so sah sie ihn plötzlich, mit einem finstern

Ausdruck, an, nahm ihm, als ob ihr daraus nichts vorzulesen wäre, die Bibel aus der Hand, blätterte und blätterte, und schien etwas darin zu suchen; und zeigte dem Kohlhaas, der an ihrem Bette saß, mit dem Zeigefinger, den Vers: „Vergib deinen Feinden; tue wohl auch denen, die dich hassen." – Sie drückte ihm dabei mit einem überaus seelenvollen Blick die Hand, und starb. – Kohlhaas dachte: „so möge mir Gott nie vergeben, wie ich dem Junker vergebe!" küßte sie, indem ihm häufig die Tränen flossen, drückte ihr die Augen zu, und verließ das Gemach. Er nahm die hundert Goldgülden, die ihm der Amtmann schon, für die Ställe in Dresden, zugefertigt hatte, und bestellte ein Leichenbegräbnis, das weniger für sie, als für eine Fürstin, angeordnet schien: ein eichener Sarg, stark mit Metall beschlagen, Kissen von Seide, mit goldnen und silbernen Troddeln, und ein Grab von acht Ellen Tiefe, mit Feldsteinen gefüttert und Kalk. Er stand selbst, sein jüngstes auf dem Arm, bei der Gruft, und sah der Arbeit zu. Als der Begräbnistag kam, ward die Leiche, weiß wie Schnee, in einen Saal aufgestellt, den er mit schwarzem Tuch hatte beschlagen lassen. Der Geistliche hatte eben eine rührende Rede an ihrer Bahre vollendet, als ihm die landesherrliche Resolution auf die Bittschrift zugestellt ward, welche die Abgeschiedene übergeben hatte, des Inhalts: er solle die Pferde von der Tronkenburg abholen, und bei Strafe, in das Gefängnis geworfen zu werden, nicht weiter in dieser Sache einkommen. Kohlhaas steckte den Brief ein, und ließ den Sarg auf den Wagen bringen. Sobald der Hügel geworfen, das Kreuz darauf gepflanzt, und die Gäste, die die Leiche bestattet hatten, entlassen waren, warf er sich noch einmal vor ihrem, nun verödeten Bette nieder, und übernahm sodann das Geschäft der Rache. Er setzte sich nieder und verfaßte einen Rechtsschluß, in welchem er den Junker Wenzel von Tronka, kraft der ihm angebotenen Macht, verdammte, die Rappen, die er ihm abgenommen, und auf den Feldern zu Grunde gerichtet, binnen drei Tagen nach Sicht, nach Kohlhaasenbrück zu führen, und in Person in seinen Ställen dick zu füttern. Diesen Schluß sandte er durch einen reitenden Boten an ihn ab, und instruierte denselben, flugs nach Übergabe des Papiers, wieder bei ihm in Kohlhaasenbrück zu sein. Da die drei Tage, ohne Überlieferung der Pferde, verflossen, so rief er Hersen; eröffnete ihm, was er dem Jungherrn, die Dickfütterung derselben anbetreffend, aufgegeben; fragte ihn zweierlei, ob er mit ihm nach der Tronkenburg reiten und den Jungherrn holen; auch, ob er über den Hergeholten, wenn er bei Erfüllung des Rechtsschlusses in den Ställen von Kohlhaasenbrück, faul sei, die Peitsche führen wolle? und da Herse, so wie er ihn nur verstanden hatte: „Herr, heute noch!" aufjauchzte, und, indem er die Mütze in die Höhe warf, versicherte: einen Riemen, mit zehn Knoten, um ihm das Striegeln zu lehren, lasse er sich flechten! so verkaufte Kohlhaas das Haus, schickte die Kinder, in einen Wagen gepackt, über die Grenze; rief, bei Anbruch der Nacht, auch die übrigen Knechte zusammen, sieben an der Zahl, treu ihm jedweder, wie Gold; bewaffnete und beritt sie, und brach nach der Tronkenburg auf.

Er fiel auch, mit diesem kleinen Haufen, schon, beim Einbruch der dritten Nacht, den Zollwärter und Torwächter, die im Gespräch unter dem Tor standen, niederreitend, in die Burg, und während, unter plötzlicher Aufprasselung aller Baracken im Schloßraum, die sie mit Feuer bewarfen, Herse, über die Windeltreppe, in den Turm der Vogtei eilte, und den Schloßvogt und Verwalter, die, halb entkleidet, beim Spiel saßen, mit Hieben und Stichen überfiel, stürzte Kohlhaas zum Junker Wenzel ins Schloß. Der Engel des Gerichts fährt also vom Himmel herab; und der Junker, der eben, unter vielem Gelächter, dem Troß junger Freunde, der bei ihm war, den Rechtsschluß, den ihm der Roßkamm übermacht hatte, vorlas, hatte nicht sobald dessen Stimme im Schloßhof vernommen: als er den Herren schon, plötzlich leichenbleich: Brüder, rettet euch! zurief, und verschwand. Kohlhaas, der, beim Eintritt in den Saal, einen Junker Hans von Tronka, der ihm entgegen kam, bei der Brust faßte, und in den Winkel des Saals schleuderte, daß er sein Hirn an den Steinen versprützte, fragte, während die Knechte die anderen Ritter, die zu den Waffen gegriffen hatten, überwältigten, und zerstreuten: wo der Junker Wenzel von Tronka sei? Und da er, bei der Unwissenheit der betäubten Männer, die Türen zweier Gemächer, die in die Seitenflügel des Schlosses führten, mit einem Fußtritt sprengte, und in allen Richtungen, in denen er das weitläufige Gebäude durchkreuzte, niemanden fand, so stieg er fluchend in den Schloßhof hinab, um die Ausgänge besetzen zu lassen. Inzwischen war, vom Feuer der Baracken ergriffen, nun schon das Schloß, mit allen Seitengebäuden, starken Rauch gen Himmel qualmend, angegangen, und während Sternbald, mit drei geschäftigen Knechten, alles, was nicht niet- und nagelfest war, zusammenschleppten, und zwischen den Pferden, als gute Beute, umstürzten, flogen, unter dem Jubel Hersens, aus den offenen Fenstern der Vogtei, die Leichen des Schloßvogts und Verwalters, mit Weib und Kindern, herab. Kohlhaas, dem sich, als er die Treppe vom Schloß niederstieg, die alte, von der Gicht geplagte Haushälterin, die dem Junker die Wirtschaft führte, zu Füßen warf, fragte sie, indem er auf der Stufe stehen blieb: wo der Junker Wenzel von Tronka sei? und da sie ihm, mit schwacher, zitternder Stimme, zur Antwort gab: sie glaube, er habe sich in die Kapelle geflüchtet; so rief er zwei Knechte mit Fackeln, ließ in Ermangelung der Schlüssel, den Eingang mit Brechstangen und Beilen eröffnen, kehrte Altäre und Bänke um, und fand gleichwohl, zu seinem grimmigen Schmerz, den Junker nicht. Es traf sich, daß ein junger, zum Gesinde der Tronkenburg gehöriger Knecht, in dem Augenblick, da Kohlhaas aus der Kapelle zurückkam, herbeieilte, um aus einem weitläufigen, steinernen Stall, den die Flamme bedrohte, die Streithengste des Junkers herauszuziehen. Kohlhaas, der, in eben diesem Augenblick, in einem kleinen, mit Stroh bedeckten Schuppen, seine beiden Rappen erblickte, fragte den Knecht: warum er die Rappen nicht rette? und da dieser, indem er den Schlüssel in die Stalltür steckte, antwortete: der Schuppen stehe ja schon in Flammen; so warf Kohlhaas den Schlüssel, nachdem er ihm mit Heftigkeit aus der Stalltüre gerissen, über die Mauer, trieb den Knecht, mit hageldichten, flachen Hieben der Klinge, in den brennenden Schuppen hinein, und zwang ihn, unter entsetzlichem Gelächter der Umstehenden, die Rappen zu retten. Gleichwohl, als der Knecht schreckenblaß, wenige Momente nachdem der Schuppen hinter ihm zusammenstürzte, mit den Pferden, die er an der Hand hielt, daraus hervortrat, fand er den Kohlhaas nicht mehr; und da er sich zu den Knechten auf den Schloßplatz begab, und den Roßhändler, der ihm mehreremal den Rücken zukehrte, fragte: was er mit den Tieren nun anfangen solle? – hob dieser plötzlich, mit einer fürchterlichen Gebärde, den Fuß, daß der Tritt, wenn er ihn getan hätte, sein Tod gewesen wäre: bestieg, ohne ihm zu antworten, seinen Braunen, setzte sich unter das Tor der Burg, und erharrte, inzwischen die Knechte ihr Wesen forttrieben, schweigend den Tag.

Als der Morgen anbrach, war das ganze Schloß, bis auf die Mauern, niedergebrannt, und niemand befand sich mehr darin, als Kohlhaas und seine sieben Knechte. Er stieg vom Pferde, und untersuchte noch einmal, beim hellen Schein der Sonne, den ganzen, in allen seinen Winkeln jetzt von ihr erleuchteten Platz, und da er sich, so schwer es ihm auch ward, überzeugen mußte, daß die Unternehmung auf die Burg fehlgeschlagen war, so schickte er, die Brust voll Schmerz und Jammer, Hersen mit einigen Knechten aus, um über die Richtung, die der Junker auf seiner Flucht genommen,

Nachricht einzuziehen. Besonders beunruhigte ihn ein reiches Fräuleinstift, namens Erlabrunn, das an den Ufern der Mulde lag, und dessen Äbtissin, Antonia von Tronka, als eine fromme, wohltätige und heilige Frau, in der Gegend bekannt war; denn es schien dem unglücklichen Kohlhaas nur zu wahrscheinlich, daß der Junker sich, entblößt von aller Notdurft, wie er war, in dieses Stift geflüchtet hatte, indem die Äbtissin seine leibliche Tante und die Erzieherin seiner ersten Kindheit war. Kohlhaas, nachdem er sich von diesem Umstand unterrichtet hatte, bestieg den Turm der Vogtei, in dessen Innerem sich noch ein Zimmer, zur Bewohnung brauchbar, darbot, und verfaßte ein sogenanntes „Kohlhaasisches Mandat", worin er das Land aufforderte, dem Junker Wenzel von Tronka, mit dem er in einem gerechten Krieg liege, keinen Vorschub zu tun, vielmehr jeden Bewohner, seine Verwandten und Freunde nicht ausgenommen, verpflichtete, denselben bei Strafe Leibes und des Lebens, und unvermeidlicher Einäscherung alles dessen, was ein Besitztum heißen mag, an ihn auszuliefern. Diese Erklärung streute er, durch Reisende und Fremde, in der Gegend aus; ja, er gab Waldmann, dem Knecht, eine Abschrift davon, mit dem bestimmten Auftrage, sie in die Hände der Dame Antonia nach Erlabrunn zu bringen. Hierauf besprach er einige Tronkenburgische Knechte, die mit dem Junker unzufrieden waren, und von der Aussicht auf Beute gereizt, in seine Dienste zu treten wünschten; bewaffnete sie, nach Art des Fußvolks, mit Armbrüsten und Dolchen, und lehrte sie, hinter den berittenen Knechten aufsitzen; und nachdem er alles, was der Troß zusammengeschleppt hatte, zu Geld gemacht und das Geld unter denselben verteilt hatte, ruhete er einige Stunden, unter dem Burgtor, von seinen jämmerlichen Geschäften aus.

Gegen Mittag kam Herse und bestätigte ihm, was ihm sein Herz, immer auf die trübsten Ahnungen gestellt, schon gesagt hatte:

nämlich, daß der Junker in dem Stift zu Erlabrunn, bei der alten Dame Antonia von Tronka, seiner Tante, befindlich sei. Es schien, er hatte sich, durch eine Tür, die, an der hinteren Wand des Schlosses, in die Luft hinausging, über eine schmale, steinerne Treppe gerettet, die, unter einem kleinen Dach, zu einigen Kähnen in die Elbe hinablief. Wenigstens berichtete Herse, daß er, in einem Elbdorf, zum Befremden der Leute, die wegen des Brandes in der Tronkenburg versammelt gewesen, um Mitternacht, in einem Nachen, ohne Steuer und Ruder, angekommen, und mit einem Dorffuhrwerk nach Erlabrunn weiter gereiset sei. – – – Kohlhaas seufzte bei dieser Nachricht tief auf; er fragte, ob die Pferde gefressen hätten? und da man ihm antwortete: ja: so ließ er den Haufen aufsitzen, und stand schon in drei Stunden vor Erlabrunn. Eben, unter dem Gemurmel eines entfernten Gewitters am Horizont, mit Fackeln, die er sich vor dem Ort angesteckt, zog er mit seiner Schar in den Klosterhof ein, und Waldmann, der Knecht, der ihm entgegen trat, meldete ihm, daß das Mandat richtig abgegeben sei, als er die Äbtissin und den Stiftsvogt, in einem verstörten Wortwechsel, unter das Portal des Klosters treten sah; und während jener, der Stiftsvogt, ein kleiner, alter, schneeweißer Mann, grimmige Blicke auf Kohlhaas schießend, sich den Harnisch anlegen ließ, und den Knechten, die ihn umringten, mit dreister Stimme zurief, die Sturmglocke zu ziehn: trat jene, die Stiftsfrau, das silberne Bildnis des Gekreuzigten in der Hand, bleich, wie Linnenzeug, von der Rampe herab, und warf sich mit allen ihren Jungfrauen, vor Kohlhaasens Pferd nieder. Kohlhaas, während Herse und Sternbald den Stiftsvogt, der kein Schwert in der Hand hatte, überwältigten, und als Gefangenen zwischen die Pferde führten, fragte sie: wo der Junker Wenzel von Tronka sei? und da sie, einen großen Ring mit Schlüsseln von ihrem Gurt loslösend: in Wittenberg, Kohlhaas, würdiger Mann! antwortete, und, mit bebender Stimme, hinzusetzte: fürchte Gott und tue kein Unrecht! – so wandte Kohlhaas, in die Hölle unbefriedigter Rache zurückgeschleudert, das Pferd, und war im Begriff: steckt an! zu rufen, als ein ungeheurer Wetterschlag, dicht neben ihm, zur Erde niederfiel. Kohlhaas, indem er sein Pferd zu ihr zurückwandte, fragte sie: ob sie sein Mandat erhalten? und da die Dame mit schwacher, kaum hörbarer Stimme, antwortete: eben jetzt! – „Wann?" – Zwei Stunden, so wahr mir Gott helfe, nach des Junkers, meines Vetters, bereits vollzogener Abreise! – – – und Waldmann, der Knecht, zu dem Kohlhaas sich, unter finsteren Blicken, umkehrte, stotternd diesen Umstand bestätigte, indem er sagte, daß die Gewässer der Mulde, vom Regen geschwellt, ihn verhindert hätten, früher, als eben jetzt, einzutreffen: so sammelte sich Kohlhaas; ein plötzlich furchtbarer Regenguß, der die Fackeln verlöschend, auf das Pflaster des Platzes niederrauschte, löste den Schmerz in seiner unglücklichen Brust; er wandte, indem er kurz den Hut vor der Dame rückte, sein Pferd, drückte ihm, mit den Worten: folgt mir meine Brüder; der Junker ist in Wittenberg! die Sporen ein, und verließ das Stift.

Er kehrte, da die Nacht einbrach, in einem Wirtshause auf der Landstraße ein, wo er, wegen großer Ermüdung der Pferde, einen Tag ausruhen mußte, und da er wohl einsah, daß er mit einem Haufen von zehn Mann (denn so stark war er jetzt), einem Platz wie Wittenberg war, nicht trotzen konnte, so verfaßte er ein zweites Mandat, worin er, nach einer kurzen Erzählung dessen, was ihm im Lande begegnet, „jeden guten Christen", wie er sich ausdrückte, „unter Angelobung eines Handgelds und anderer kriegerischen Vorteile", aufforderte „seine Sache gegen den Junker von Tronka, als dem allgemeinen Feind aller Christen, zu ergreifen". In einem anderen Mandat, das bald darauf erschien, nannte er sich: „einen Reichs- und Weltfreien, Gott allein unterworfenen Herrn"; eine

Schwärmerei krankhafter und mißgeschaffener Art, die ihm gleichwohl, bei dem Klang seines Geldes und der Aussicht auf Beute, unter dem Gesindel, das der Friede mit Polen außer Brot gesetzt hatte, Zulauf in Menge verschaffte: dergestalt, daß er in der Tat dreißig und etliche Köpfe zählte, als er sich, zur Einäscherung von Wittenberg, auf die rechte Seite der Elbe zurückbegab. Er lagerte sich, mit Pferden und Knechten, unter dem Dache einer alten verfallenen Ziegelscheune, in der Einsamkeit eines finsteren Waldes, der damals diesen Platz umschloß, und hatte nicht sobald durch Sternbald, den er, mit dem Mandat, verkleidet in die Stadt schickte, erfahren, daß das Mandat daselbst schon bekannt sei, als er auch mit seinen Haufen schon, am heiligen Abend vor Pfingsten, aufbrach, und den Platz, während die Bewohner im tiefsten Schlaf lagen, an mehreren Ecken zugleich, in Brand steckte. Dabei klebte er, während die Knechte in der Vorstadt plünderten, ein Blatt an den Türpfeiler einer Kirche an, des Inhalts: „er, Kohlhaas, habe die Stadt in Brand gesteckt, und werde sie, wenn man ihm den Junker nicht ausliefere, dergestalt einäschern, daß er“, wie er sich ausdrückte, „hinter keiner Wand werde zu sehen brauchen, um ihn zu finden.“ – Das Entsetzen der Einwohner, über diesen unerhörten Frevel, war unbeschreiblich; und die Flamme, die bei einer zum Glück ziemlich ruhigen Sommernacht, zwar nicht mehr als neunzehn Häuser, worunter gleichwohl eine Kirche war, in den Grund gelegt hatte, war nicht sobald, gegen Anbruch des Tages, einigermaßen gedämpft worden, als der alte Landvogt, Otto von Gorgas, bereits ein Fähnlein von funfzig Mann aussandte, um den entsetzlichen Wüterich aufzuheben. Der Hauptmann aber, der es führte, namens Gerstenberg, benahm sich so schlecht dabei, daß die ganze Expedition Kohlhaasen, statt ihn zu stürzen, vielmehr zu einem höchst gefährlichen kriegerischen Ruhm verhalf; denn da dieser Kriegsmann sich in mehrere Abteilungen auflösete, um ihn, wie er meinte, zu umzingeln und zu erdrücken, ward er von Kohlhaas, der seinen Haufen zusammenhielt, auf vereinzelten Punkten, angegriffen und geschlagen, dergestalt, daß schon, am Abend des nächstfolgenden Tages, kein Mann mehr von dem ganzen Haufen, auf den die Hoffnung des Landes gerichtet war, gegen ihm im Felde stand. Kohlhaas, der durch diese Gefechte einige Leute eingebüßt hatte, steckte die Stadt, am Morgen des nächsten Tages, von neuem in Brand, und seine mörderischen Anstalten waren so gut, daß wiederum eine Menge Häuser, und fast alle Scheunen der Vorstadt, in die Asche gelegt wurden. Dabei plackte er das bewußte Mandat wieder, und zwar an die Ecken des Rathauses selbst, an, und fügte eine Nachricht über das Schicksal des, von dem Landvogt abgeschickten und von ihm zu Grunde gerichteten, Hauptmanns von Gerstenberg bei. Der Landvogt, von diesem Trotz aufs äußerste entrüstet, setzte sich selbst, mit mehreren Rittern, an die Spitze eines Haufens von hundert und funfzig Mann. Er gab dem Junker Wenzel von Tronka, auf seine schriftliche Bitte, eine Wache, die ihn vor der Gewalttätigkeit des Volks, das ihn platterdings aus der Stadt entfernt wissen wollte, schützte; und nachdem er, auf allen Dörfern in der Gegend, Wachen ausgestellt, auch die Ringmauer der Stadt, um sie vor einem Überfall zu decken, mit Posten besetzt hatte, zog er, am Tage des heiligen Gervasius, selbst aus, um den Drachen, der das Land verwüstete, zu fangen. Diesen Haufen war der Roßkamm klug genug, zu vermeiden; und nachdem er den Landvogt, durch geschickte Märsche, fünf Meilen von der Stadt hinweggelockt, und vermitteltet mehrerer Anstalten, die er traf, zu dem Wahn verleitet hatte, daß er sich, von der Übermacht gedrängt, ins Brandenburgische werfen würde: wandte er sich plötzlich, beim Einbruch der dritten Nacht, kehrte, in einem Gewaltritt, nach Wittenberg zurück, und steckte die Stadt zum drittenmal in Brand. Herse, der sich verkleidet in die Stadt schlich, führte dieses entsetzliche Kunststück aus; und die Feuersbrunst war, wegen eines scharf wehenden Nordwindes, so verderblich und um sich fressend, daß, in weniger als drei Stunden, zwei und vierzig Häuser, zwei Kirchen, mehrere Klöster und Schulen, und das Gebäude der kurfürstlichen Landvogtei selbst, in Schutt und Asche lagen. Der Landvogt, der seinen Gegner, beim Anbruch des Tages, im Brandenburgischen glaubte, fand, als er von dem, was vorgefallen, benachrichtigt, in bestürzten Märschen zurückkehrte, die Stadt in allgemeinem Aufruhr; das Volk hatte sich zu Tausenden vor dem, mit Balken und Pfählen versammelten, Hause des Junkers gelagert, und forderte, mit rasendem Geschrei, seine Abführung aus der Stadt. Zwei Bürgermeister, namens Jenkens und Otto, die in Amtskleidern an der Spitze des ganzen Magistrats gegenwärtig waren, bewiesen vergebens, daß man platterdings die Rückkehr eines Eilboten abwarten müsse, den man wegen Erlaubnis den Junker nach Dresden bringen zu dürfen, wohin er selbst aus mancherlei Gründen abzugehen wünsche, an den Präsidenten der Staatskanzlei geschickt habe; der unvernünftige, mit Spießen und Stangen bewaffnete Haufen gab auf diese Worte nichts, und eben war man, unter Mißhandlung einiger zu kräftigen Maßregeln auffordernden Räte, im Begriff das Haus worin der Junker war zu stürmen, und der Erde gleich zu machen, als der Landvogt, Otto von Gorgas, an der Spitze seines Reuterhaufens, in der Stadt erschien. Diesem würdigen Herrn, der schon durch seine bloße Gegenwart dem Volk Ehrfurcht und Gehorsam einzuflößen gewohnt war, war es, gleichsam zum Ersatz für die fehlgeschlagene Unternehmung, von welcher er zurückkam, gelungen, dicht vor den Toren der Stadt drei zersprengte Knechte von der Bande des Mordbrenners aufzufangen; und da er, inzwischen die Kerle vor dem Angesicht des Volks mit Ketten belastet wurden, den Magistrat in einer klugen Anrede versicherte, den Kohlhaas selbst denke er in kurzem, indem er ihm auf die Spur sei, gefesselt einzubringen: so glückte es ihm, durch die Kraft aller dieser beschwichtigenden Umstände, die Angst des versammelten Volks zu entwaffnen, und über die Anwesenheit des Junkers, bis zur Zurückkunft des Eilboten aus Dresden, einigermaßen zu beruhigen. Er stieg, in Begleitung einiger Ritter, vom Pferde, und verfügte sich, nach Wegräumung der Palisaden und Pfähle, in das Haus, wo er den Junker, der aus einer Ohnmacht in die andere fiel, unter den Händen zweier Ärzte fand, die ihn mit Essenzen und Irritanzen wieder ins Leben zurück zu bringen suchten; und da Herr Otto von Gorgas wohl fühlte, daß dies der Augenblick nicht war, wegen der Aufführung, die er sich zu Schulden kommen lasse, Worte mit ihm zu wechseln: so sagte er ihm bloß, mit einem Blick stiller Verachtung, daß er sich ankleiden, und ihm, zu seiner eigenen Sicherheit, in die Gemächer der Ritterhaft folgen möchte. Als man dem Junker ein Wams angelegt, und einen Helm aufgesetzt hatte, und er, die Brust, wegen Mangels an Luft, noch halb offen, am Arm des Landvogts und seines Schwagers, des Grafen von Gerschau, auf der Straße erschien, stiegen gotteslästerliche und entsetzliche Verwünschungen gegen ihn zum Himmel auf. Das Volk, von den Landsknechten nur mühsam zurückgehalten, nannte ihn einen Blutigel, einen elenden Landplager und Menschenquäler, den Fluch der Stadt Wittenberg, und das Verderben von Sachsen; und nach einem jämmerlichen Zuge durch die in Trümmern liegende Stadt, während welchem er mehreremal, ohne ihn zu vermissen, den Helm verlor, den ihm ein Ritter von hinten wieder aufsetzte, erreichte man endlich das Gefängnis, wo er in einem Turm, unter dem Schutz einer starken Wache, verschwand. Mittlerweile setzte die Rückkehr des Eilboten, mit der kurfürstlichen Resolution, die Stadt in neue Besorgnis. Denn die Landesregierung, bei welcher die Bürgerschaft von Dresden, in einer dringenden Supplik, unmittelbar eingekommen war, wollte, vor Überwältigung des Mordbrenners, von dem Aufenthalt des Junkers in der Residenz nichts wissen; vielmehr verpflichtete sie den Landvogt, denselben da, wo er sei, weil er irgendwo sein müsse, mit der Macht, die ihm zu Gebote stehe, zu beschirmen: wogegen sie der guten Stadt Wittenberg, zu ihrer Beruhigung, meldete, daß bereits ein Heerhaufen von fünfhundert Mann, unter Anführung des Prinzen Friedrich von Meißen im Anzuge sei, um sie vor den ferneren Belästigungen desselben zu beschützen. Der Landvogt, der wohl einsah, daß eine Resolution dieser Art, das Volk keineswegs beruhigen konnte: denn nicht nur, daß mehrere kleine Vorteile, die der Roßhändler, an verschiedenen Punkten, vor der Stadt erfochten, über die Stärke, zu der er herangewachsen, äußerst unangenehme Gerüchte verbreiteten; der Krieg, den er, in der Finsternis der Nacht, durch verkleidetes Gesindel, mit Pech, Stroh und Schwefel führte, hätte, unerhört und beispiellos, wie er war, selbst einen größeren Schutz, als mit welchem der Prinz von Meißen heranrückte, unwirksam machen können: der Landvogt, nach einer kurzen Überlegung, entschloß sich, die Resolution, die er empfangen, ganz und gar zu unterdrücken. Er plackte bloß einen Brief, in welchem ihm der Prinz von Meißen seine Ankunft meldete, an die Ecken der Stadt an; ein verdeckter Wagen, der, beim Anbruch des Tages, aus dem Hofe des Herrenzwingers kam, fuhr, von vier schwer bewaffneten Reutern begleitet, auf die Straße nach Leipzig hinaus, wobei die Reuter, auf eine unbestimmte Art verlauten ließen, daß es nach der Pleißenburg gehe; und da das Volk über den heillosen Junker, an dessen Dasein Feuer und Schwert gebunden, dergestalt beschwichtigt war, brach er selbst, mit einem Haufen von dreihundert Mann, auf, um sich mit dem Prinzen Friedrich von Meißen zu vereinigen. Inzwischen war Kohlhaas in der Tat, durch die sonderbare Stellung, die er in der Welt einnahm, auf hundert und neun Köpfe herangewachsen; und da er auch in Jassen einen

Vorrat an Waffen aufgetrieben, und seine Schar, auf das vollständigste, damit ausgerüstet hatte: so faßte er, von dem doppelten Ungewitter, das auf ihn heranzog, benachrichtigt, den Entschluß, demselben, mit der Schnelligkeit des Sturmwinds, ehe es über ihn zusammenschlüge, zu begegnen. Demnach griff er schon, Tags darauf, den Prinzen von Meißen, in einem nächtlichen Überfall, bei Mühlberg an; bei welchem Gefechte er zwar, zu seinem großen Leidwesen, den Herse einbüßte, der gleich durch die ersten Schüsse an seiner Seite zusammenstürzte: durch diesen Verlust erbittert aber, in einem drei Stunden langen Kampfe, den Prinzen, unfähig sich in dem Flecken zu sammeln, so zurichtete, daß er beim Anbruch des Tages, mehrerer schweren Wunden, und einer gänzlichen Unordnung seines Haufens wegen, genötigt war, den Rückweg nach Dresden einzuschlagen. Durch diesen Vorteil tollkühn gemacht, wandte er sich, ehe derselbe noch davon unterrichtet sein konnte, zu dem Landvogt zurück, fiel ihn bei dem Dorfe Damerow, am hellen Mittag, auf freiem Felde an, und schlug sich, unter mörderischem Verlust zwar, aber mit gleichen Vorteilen, bis in die sinkende Nacht mit ihm herum. Ja, er würde den Landvogt, der sich in den Kirchhof zu Damerow geworfen hatte, am andern Morgen unfehlbar mit dem Rest seines Haufens wieder angegriffen haben, wenn derselbe nicht durch Kundschafter von der Niederlage, die der Prinz bei Mühlberg erlitten, benachrichtigt worden wäre, und somit für ratsamer gehalten hätte, gleichfalls, bis auf einen besseren Zeitpunkt, nach Wittenberg zurückzukehren. Fünf Tage, nach Zersprengung dieser beiden Haufen, stand er vor Leipzig, und steckte die Stadt an drei Seiten in Brand. – Er nannte sich in dem Mandat, das er, bei dieser Gelegenheit, ausstreute, „einen Statthalter Michaels, des Erzengels, der gekommen sei, an allen, die in dieser Streitsache des Junkers Partei ergreifen würden, mit Feuer und Schwert, die Arglist, in welcher die ganze Welt versunken sei, zu bestrafen“. Dabei rief er, von dem Lützner Schloß aus, das er überrumpelt, und worin er sich festgesetzt hatte, das Volk auf, sich zur Errichtung einer besseren Ordnung der Dinge, an ihn anzuschließen; und das Mandat war, mit einer Art von Verrückung, unterzeichnet: „Gegeben auf dem Sitz unserer provisorischen Weltregierung, dem Erzschlosse zu Lützen.“ Das Glück der Einwohner von Leipzig wollte, daß das Feuer, wegen eines anhaltenden Regens der vom Himmel fiel, nicht um sich griff, dergestalt, daß bei der Schnelligkeit der bestehenden Löschanstalten, nur einige Kramläden, die um die Pleißenburg lagen, in Flammen aufloderten. Gleichwohl war die Bestürzung in der Stadt, über das Dasein des rasenden Mordbrenners, und den Wahn, in welchem derselbe stand, daß der Junker in Leipzig sei, unaussprechlich; und da ein Haufen von hundert und achtzig Reisigen, den man gegen ihn ausschickte, zersprengt in die Stadt zurückkam: so blieb dem Magistrat, der den Reichtum der Stadt nicht aussetzen wollte, nichts anderes übrig, als die Tore gänzlich zu sperren, und die Bürgerschaft Tag und Nacht, außerhalb der Mauern, wachen zu lassen. Vergebens ließ der Magistrat, auf den Dörfern der umliegenden Gegend, Deklarationen anheften, mit der bestimmten Versicherung, daß der Junker nicht in der Pleißenburg sei; der Roßkamm, in ähnlichen Blättern, bestand darauf, daß er in der Pleißenburg sei, und erklärte, daß, wenn derselbe nicht darin befindlich wäre, er mindestens verfahren würde, als ob er darin wäre, bis man ihm den Ort, mit Namen genannt, werde angezeigt haben, worin er befindlich sei. Der Kurfürst, durch einen Eilboten, von der Not, in welcher sich die Stadt Leipzig befand, benachrichtigt, erklärte, daß er bereits einen Heerhaufen von zweitausend Mann zusammenzöge, und sich selbst an dessen Spitze setzen würde, um den Kohlhaas zu fangen. Er erteilte dem Herrn Otto von Gorgas einen schweren Verweis, wegen der zweideutigen und unüberlegten List, die er angewendet, um des Mordbrenners aus der Gegend von Wittenberg loszuwerden; und niemand beschreibt die Verwirrung, die ganz Sachsen und insbesondere die Residenz ergriff, als man daselbst erfuhr, daß, auf den Dörfern bei Leipzig, man wußte nicht von wem, eine Deklaration an den Kohlhaas angeschlagen worden sei, des Inhalts: „Wenzel, der Junker, befinde sich bei seinen Vettern Hinz und Kunz, in Dresden." Unter diesen Umständen übernahm der Doktor Martin Luther das Geschäft, den Kohlhaas, durch die Kraft beschwichtigender Worte, von dem Ansehn, das ihm seine Stellung in der Welt gab, unterstützt, in den Damm der menschlichen Ordnung zurückzudrücken, und auf ein tüchtiges Element in der Brust des Mordbrenners bauend, erließ er ein Plakat folgenden Inhalts an ihn, das in allen Städten und Flecken des Kurfürstentums angeschlagen ward:

„Kohlhaas, der du dich gesandt zu sein vorgibst, das Schwert der Gerechtigkeit zu handhaben, was unterfängst du dich, Vermessener, im Wahnsinn stockblinder Leidenschaft, du, den Ungerechtigkeit selbst, vom Wirbel bis zur Sohle erfüllt? Weil der Landesherr dir, dem du untertan bist, dein Recht verweigert hat, dein Recht in dem Streit um ein nichtiges Gut, erhebst du dich, Heilloser, mit Feuer und Schwert, und brichst, wie der Wolf der Wüste, in die friedliche Gemeinheit, die er beschirmt. Du, der die Menschen mit dieser Angabe, voll Unwahrhaftigkeit und Arglist, verführt: meinst du, Sünder, vor Gott dereinst, an dem Tage, der in die Falten aller Herzen scheinen wird, damit auszukommen? Wie kannst du sagen, daß dir dein Recht verweigert worden ist, du, dessen grimmige Brust, vom Kitzel schnöder Selbstrache gereizt, nach den ersten, leichtfertigen Versuchen, die dir gescheitert, die Bemühung gänzlich aufgegeben hat, es dir zu verschaffen? Ist eine Bank voll

Gerichtsdienern und Schergen, die einen Brief, der gebracht wird, unterschlagen, oder ein Erkenntnis, das sie abliefern sollen, zurückhalten, deine Obrigkeit? Und muß ich dir sagen, Gottvergessener, daß deine Obrigkeit von deiner Sache nichts weiß – was sag ich? daß der Landesherr, gegen den du dich auflehnst, auch deinen Namen nicht kennt, dergestalt, daß wenn dereinst du vor Gottes Thron trittst, in der Meinung, ihn anzuklagen, er, heiteren Antlitzes, wird sprechen können: diesem Mann, Herr, tat ich kein Unrecht, denn sein Dasein ist meiner Seele fremd? Das Schwert, wisse, das du führst, ist das Schwert des Raubes und der Mordlust, ein Rebell bist du und kein Krieger des gerechten Gottes, und dein Ziel auf Erden ist Rad und Galgen, und jenseits die Verdammnis, die über die Missetat und die Gottlosigkeit verhängt ist.

Wittenberg, usw.

Martin Luther.“

Kohlhaas wälzte eben, auf dem Schlosse zu Lützen, einen neuen Plan, Leipzig einzuäschern, in seiner zerrissenen Brust herum: – denn auf die, in den Dörfern angeschlagene Nachricht, daß der Junker Wenzel in Dresden sei, gab er nichts, weil sie von niemand, geschweige denn vom Magistrat, wie er verlangt hatte, unterschrieben war: – als Sternbald und Waldmann das Plakat, das, zur Nachtzeit, an den Torweg des Schlosses, angeschlagen worden war, zu ihrer großen Bestürzung, bemerkten. Vergebens hofften sie, durch mehrere Tage, daß Kohlhaas, den sie nicht gern deshalb antreten wollten, es erblicken würde; finster und in sich gekehrt, in der Abendstunde erschien er zwar, aber bloß, um seine kurzen Befehle zu geben, und sah nichts: dergestalt, daß sie an einem Morgen, da er ein paar Knechte, die in der Gegend, wider seinen Willen, geplündert hatten, aufknöpfen lassen wollte, den Entschluß faßten, ihn darauf aufmerksam zu machen. Eben kam er, während das Volk von beiden Seiten schüchtern auswich, in dem Aufzuge, der ihm, seit seinem letzten Mandat, gewöhnlich war, von dem Richtplatz zurück, ein großes Cherubsschwert, auf einem rotledernen Kissen, mit Quasten von Gold verziert, ward ihm vorangetragen, und zwölf Knechte, mit brennenden Fackeln folgten ihm, da traten die beiden Männer, ihre Schwerter unter dem Arm, so, daß es ihn befremden mußte, um den Pfeiler, an welchen das Plakat angeheftet war, herum. Kohlhaas, als er, mit auf dem Rücken zusammengelegten Händen, in Gedanken vertieft, unter das Portal kam, schlug die Augen auf und stutzte; und da die Knechte, bei seinem Anblick, ehrerbietig auswichen: so trat er, indem er sie zerstreut ansah, mit einigen raschen Schritten, an den Pfeiler heran. Aber wer beschreibt, was in seiner Seele vorging, als er das Blatt, dessen Inhalt ihn der Ungerechtigkeit zieh, daran erblickte: unterzeichnet von dem teuersten und verehrungswürdigsten Namen, den er kannte, von dem Namen Martin Luthers! Eine dunkle Röte stieg in sein Antlitz empor; er durchlas es, indem er den Helm abnahm, zweimal von Anfang bis zu Ende; wandte sich, mit ungewissen Blicken, mitten unter die Knechte zurück, als ob er etwas sagen wollte, und sagte nichts; löste das Blatt von der Wand los, durchlas es noch einmal; und rief: Waldmann! laß mir mein Pferd satteln! sodann: Sternbald! folge mir ins Schloß! und verschwand. Mehr als dieser wenigen Worte bedurfte es nicht, um ihn, in der ganzen Verderblichkeit, in der er dastand, plötzlich zu entwaffnen. Er warf sich in die Verkleidung eines thüringischen Landpächters; sagte Sternbald, daß ein Geschäft, von bedeutender Wichtigkeit, ihn nach Wittenberg zu reisen nötige; übergab ihm, in Gegenwart einiger der vorzüglichsten Knechte, die Anführung des in Lützen zurückbleibenden Haufens; und zog, unter der

Versicherung, daß er in drei Tagen, binnen welcher Zeit kein Angriff zu fürchten sei, wieder zurück sein werde, nach Wittenberg ab.

Er kehrte, unter einem fremden Namen, in ein Wirtshaus ein, wo er, sobald die Nacht angebrochen war, in seinem Mantel, und mit einem Paar Pistolen versehen, die er in der Tronkenburg erbeutet hatte, zu Luthern ins Zimmer trat. Luther, der unter Schriften und Büchern an seinem Pulte saß, und den fremden, besonderen Mann die Tür öffnen und hinter sich verriegeln sah, fragte ihn: wer er sei? und was er wolle? und der Mann, der seinen Hut ehrerbietig in der Hand hielt, hatte nicht sobald, mit dem schüchternen Vorgefühl des Schreckens, den er verursachen würde, erwidert: daß er Michael Kohlhaas, der Roßhändler sei; als Luther schon: weiche fern hinweg! ausrief, und indem er, vom Pult erstehend, nach einer Klingel eilte, hinzusetzte: dein Odem ist Pest und deine Nähe Verderben! Kohlhaas, indem er, ohne sich vom Platz zu regen, sein Pistol zog, sagte: Hochwürdiger Herr, dies Pistol, wenn Ihr die Klingel rührt, streckt mich leblos zu Euren Füßen nieder! Setzt Euch und hört mich an; unter den Engeln, deren Psalmen Ihr aufschreibt, seid Ihr nicht sicherer, als bei mir. Luther, indem er sich niedersetzte, fragte: was willst du? Kohlhaas erwiderte: Eure Meinung von mir, daß ich ein ungerechter Mann sei, widerlegen! Ihr habt mir in Eurem Plakat gesagt, daß meine Obrigkeit von meiner Sache nichts weiß: wohlan, verschafft mir freies Geleit, so gehe ich nach Dresden, und lege sie ihr vor. – „Heilloser und entsetzlicher Mann!“ rief Luther, durch diese Worte verwirrt zugleich und beruhigt: „wer gab dir das Recht, den Junker von Tronka, in Verfolg eigenmächtiger Rechtsschlüsse, zu überfallen, und da du ihn auf seiner Burg nicht fandst mit Feuer und Schwert die ganze Gemeinschaft heimzusuchen, die ihn beschirmt?“ Kohlhaas erwiderte: hochwürdiger Herr, niemand, fortan! Eine Nachricht, die ich aus Dresden erhielt, hat mich getäuscht, mich verführt! Der Krieg, den ich mit der Gemeinheit der

Menschen führe, ist eine Missetat, sobald ich aus ihr nicht, wie Ihr mir die Versicherung gegeben habt, verstoßen war! Verstoßen! rief Luther, indem er ihn ansah. Welch eine Raserei der Gedanken ergriff dich? Wer hätte dich aus der Gemeinschaft des Staats, in welchem du lebtest, verstoßen? Ja, wo ist, so lange Staaten bestehen, ein Fall, daß jemand, wer es auch sei, daraus verstoßen worden wäre? – Verstoßen, antwortete Kohlhaas, indem er die Hand zusammendrückte, nenne ich den, dem der Schutz der Gesetze versagt ist! Denn dieses Schutzes, zum Gedeihen meines friedlichen Gewerbes, bedarf ich; ja, er ist es, dessenhalb ich mich, mit dem Kreis dessen, was ich erworben, in diese Gemeinschaft flüchte; und wer mir ihn versagt, der stößt mich zu den Wilden der Einöde hinaus; er gibt mir, wie wollt Ihr das leugnen, die Keule, die mich selbst schützt, in die Hand. – Wer hat dir den Schutz der Gesetze versagt? rief Luther. Schrieb ich dir nicht, daß die Klage, die du eingereicht, dem Landesherrn, dem du sie eingereicht, fremd ist? Wenn Staatsdiener hinter seinem Rücken Prozesse unterschlagen, oder sonst seines geheiligten Namens, in seiner Unwissenheit, spotten; wer anders als Gott darf ihn wegen der Wahl solcher Diener zur Rechenschaft ziehen, und bist du, gottverdammter und entsetzlicher Mensch, befugt, ihn deshalb zu richten? – Wohlan, versetzte Kohlhaas, wenn mich der Landesherr nicht verstößt, so kehre ich auch wieder in die Gemeinschaft, die er beschirmt, zurück. Verschafft mir, ich wiederhol es, freies Geleit nach Dresden: so lasse ich den Haufen, den ich im Schloß zu Lützen versammelt, auseinander gehen, und bringe die Klage, mit der ich abgewiesen worden bin, noch einmal bei dem Tribunal des Landes vor. – Luther, mit einem verdrießlichen Gesicht, warf die Papiere, die auf seinem Tisch lagen, übereinander, und schwieg. Die trotzige Stellung, die dieser seltsame Mensch im Staat einnahm, verdroß ihn; und den Rechtsschluß, den er, von Kohlhaasenbrück aus, an den Junker erlassen, erwägend, fragte er: was er denn von dem Tribunal zu Dresden verlange? Kohlhaas antwortete: Bestrafung des Junkers, den Gesetzen gemäß; Wiederherstellung der Pferde in den vorigen Stand; und Ersatz des Schadens, den ich sowohl, als mein bei Mühlberg gefallener Knecht Herse, durch die Gewalttat, die man an uns verübte, erlitten. – Luther rief: Ersatz des Schadens! Summen zu Tausenden, bei Juden und Christen, auf Wechseln und Pfändern, hast du, zur Bestreitung deiner wilden Selbstrache, aufgenommen. Wirst du den Wert auch, auf der Rechnung, wenn es zur Nachfrage kommt, ansetzen? – Gott behüte! erwiderte Kohlhaas. Haus und Hof, und den Wohlstand, den ich besessen, fordere ich nicht zurück; so wenig als die Kosten des Begräbnisses meiner Frau! Hersens alte Mutter wird eine Berechnung der Heilkosten, und eine Spezifikation dessen, was ihr Sohn in der Tronkenburg eingebüßt, beibringen; und den Schaden, den ich wegen Nichtverkaufs der Rappen erlitten, mag die Regierung durch einen Sachverständigen abschätzen lassen. – Luther sagte: rasender, unbegreiflicher und entsetzlicher Mensch! und sah ihn an. Nachdem dein Schwert sich, an dem Junker, Rache, die grimmigste, genommen, die sich erdenken läßt: was treibt dich, auf ein Erkenntnis gegen ihn zu bestehen, dessen Schärfe, wenn es zuletzt fällt, ihn mit einem Gewicht von so geringer Erheblichkeit nur trifft? – Kohlhaas erwiderte, indem ihm eine Träne über die Wangen rollte: hochwürdiger Herr! es hat mich meine Frau gekostet; Kohlhaas will der Welt zeigen, daß sie in keinem ungerechten Handel umgekommen ist. Fügt Euch in diesen Stücken meinem Willen, und laßt den Gerichtshof sprechen; in allem anderen, was sonst noch streitig sein mag, füge ich mich Euch. – Luther sagte: schau her, was du forderst, wenn anders die Umstände so sind, wie die öffentliche Stimme hören läßt, ist gerecht; und hättest du den Streit, bevor du eigenmächtig zur Selbstrache geschritten, zu des Landesherrn Entscheidung zu bringen gewußt, so wäre dir deine Forderung, zweifle ich nicht, Punkt vor Punkt bewilligt worden. Doch hättest du nicht, alles wohl erwogen, besser getan, du hättest, um deines Erlösers willen, dem Junker vergeben, die Rappen, dürre und abgehärmt, wie sie waren, bei der Hand genommen, dich aufgesetzt, und zur Dickfütterung in deinen Stall nach Kohlhaasenbrück heimgeritten? – Kohlhaas antwortete: kann sein! indem er ans Fenster trat: kann sein, auch nicht! Hätte ich gewußt, daß ich sie mit Blut aus dem Herzen meiner lieben Frau würde auf die Beine bringen müssen: kann sein, ich hätte getan, wie Ihr gesagt, hochwürdiger Herr, und einen Scheffel Hafer nicht gescheut! Doch, weil sie mir einmal so teuer zu stehen gekommen sind, so habe es denn, meine ich, seinen Lauf: laßt das Erkenntnis, wie es mir zukömmt, sprechen, und den Junker mir die Rappen auffüttern. – – Luther sagte, indem er, unter mancherlei Gedanken, wieder zu seinen Papieren griff: er wolle mit dem Kurfürsten seinethalben in Unterhandlung treten. Inzwischen möchte er sich, auf dem Schlosse zu Lützen, still halten; wenn der Herr ihm freies Geleit bewillige, so werde man es ihm auf dem Wege öffentlicher Anplackung bekannt machen. – Zwar, fuhr er fort, da Kohlhaas sich herabbog, um seine Hand zu küssen: ob der Kurfürst Gnade für Recht ergehen lassen wird, weiß ich nicht; denn einen Heerhaufen, vernehm ich, zog er zusammen, und steht im Begriff, dich im Schlosse zu Lützen aufzuheben: inzwischen, wie ich dir schon gesagt habe, an meinem Bemühen soll es nicht liegen. Und damit stand er auf, und machte Anstalt, ihn zu entlassen. Kohlhaas meinte, daß seine Fürsprache ihn über diesen Punkt völlig beruhige; worauf Luther ihn mit der Hand grüßte, jener aber plötzlich ein Knie vor ihm senkte und sprach: er habe noch eine Bitte auf seinem Herzen. Zu Pfingsten nämlich, wo er an den Tisch des Herrn zu gehen pflege, habe er die Kirche, dieser seiner kriegerischen Unternehmungen wegen, versäumt; ob er die Gewogenheit haben wolle, ohne weitere Vorbereitung, seine Beichte zu empfangen, und ihm, zur Auswechselung dagegen, die Wohltat des heiligen Sakraments zu erteilen? Luther, nach einer kurzen Besinnung, indem er ihn scharf ansah, sagte: ja, Kohlhaas, das will ich tun! Der Herr aber, dessen Leib du begehrst, vergab seinem Feind. – Willst du, setzte er, da jener ihn betreten ansah, hinzu, dem Junker, der dich beleidigt hat, gleichfalls vergeben: nach der Tronkenburg gehen, dich auf deine Rappen setzen, und sie zur Dickfütterung nach Kohlhaasenbrück heimreisen? – „Hochwürdiger Herr", sagte Kohlhaas errötend, indem er seine Hand ergriff, – nun? – „der Herr auch vergab allen seinen Feinden nicht. Laßt mich den Kurfürsten, meinen beiden Herren, dem Schloßvogt und Verwalter, den Herren Hinz und Kunz, und wer mich sonst in dieser Sache gekränkt haben mag, vergeben: den Junker aber, wenn es sein kann, nötigen, daß er mir die Rappen wieder dick füttere." – Bei diesen Worten kehrte ihm Luther, mit einem mißvergnüglichen Blick, den Rücken zu, und zog die Klingel. Kohlhaas, während, dadurch herbeigerufen, ein Famulus sich mit Licht in dem Vorsaal meldete, stand betreten, indem er sich die Augen trocknete, vom Boden auf; und da der Famulus vergebens, weil der Riegel vorgeschoben war, an der Türe wirkte, Luther aber sich wieder zu seinen Papieren niedergesetzt hatte: so machte Kohlhaas dem Mann die Türe auf. Luther, mit einem kurzen, auf den fremden Mann gerichteten Seitenblick, sagte dem Famulus: leuchte! worauf dieser, über den Besuch, den er erblickte, ein wenig befremdet, den Hausschlüssel von der Wand nahm, und sich, auf die Entfernung desselben wartend, unter die halboffene Tür des Zimmers zurückbegab. – Kohlhaas sprach, indem er seinen Hut bewegt zwischen beide Hände nahm: und so kann ich, hochwürdigster Herr, der Wohltat versöhnt zu werden, die ich mir von Euch erbat, nicht teilhaftig werden? Luther antwortete kurz: deinem Heiland, nein; dem Landesherrn, – das bleibt einem

Versuch, wie ich dir versprach, vorbehalten! Und damit winkte er dem Famulus, das Geschäft, das er ihm aufgetragen, ohne weiteren Aufschub, abzumachen. Kohlhaas legte, mit dem Ausdruck schmerzlicher Empfindung, seine beiden Hände auf die Brust; folgte dem Mann, der ihm die Treppe hinunter leuchtete, und verschwand.

Am anderen Morgen erließ Luther ein Sendschreiben an den Kurfürsten von Sachsen, worin er, nach einem bitteren Seitenblick auf die seine Person umgebenden Herren Hinz und Kunz, Kämmerer und Mundschenk von Tronka, welche die Klage, wie allgemein bekannt war, untergeschlagen hatten, dem Herrn, mit der Freimütigkeit, die ihm eigen war, eröffnete, daß bei so ärgerlichen Umständen, nichts anderes zu tun übrig sei, als den Vorschlag des Roßhändlers anzunehmen, und ihm des Vorgefallenen wegen, zur Erneuerung seines Prozesses, Amnestie zu erteilen. Die öffentliche Meinung, bemerkte er, sei auf eine höchst gefährliche Weise, auf dieses Mannes Seite, dergestalt, daß selbst in dem dreimal von ihm eingeäscherten Wittenberg, eine Stimme zu seinem Vorteil spreche; und da er sein Anerbieten, falls er damit abgewiesen werden sollte, unfehlbar, unter gehässigen Bemerkungen, zur Wissenschaft des Volks bringen würde, so könne dasselbe leicht in dem Grade verführt werden, daß mit der Staatsgewalt gar nichts mehr gegen ihn auszurichten sei. Er schloß, daß man, in diesem außerordentlichen Fall, über die Bedenklichkeit, mit einem Staatsbürger, der die Waffen ergriffen, in Unterhandlung zu treten, hinweggehen müsse; daß derselbe in der Tat durch das Verfahren, das man gegen ihn beobachtet, auf gewisse Weise außer der Staatsverbindung gesetzt worden sei; und kurz, daß man ihn, um aus dem Handel zu kommen, mehr als eine fremde, in das Land gefallene Macht, wozu er sich auch, da er ein Ausländer sei, gewissermaßen qualifiziere, als einen Rebellen, der sich gegen den Thron auflehne, betrachten müsse. – Der Kurfürst erhielt diesen

Brief eben, als der Prinz Christiern von Meißen, Generalissimus des Reichs, Oheim des bei Mühlberg geschlagenen und an seinen Wunden noch daniederliegenden Prinzen Friedrich von Meißen; der Großkanzler des Tribunals, Graf Wrede; Graf Kallheim, Präsident der Staatskanzlei; und die beiden Herren Hinz und Kunz von Tronka, dieser Kämmerer, jener Mundschenk, die Jugendfreunde und Vertrauten des Herrn, in dem Schlosse gegenwärtig waren. Der Kämmerer, Herr Kunz, der, in der Qualität eines Geheimenrats, des Herrn geheime Korrespondenz, mit der Befugnis, sich seines Namens und Wappens zu bedienen, besorgte, nahm zuerst das Wort, und nachdem er noch einmal weitläufig auseinander gelegt hatte, daß er die Klage, die der Roßhändler gegen den Junker, seinen Vetter, bei dem Tribunal eingereicht, nimmermehr durch eine eigenmächtige Verfügung niedergeschlagen haben würde, wenn er sie nicht, durch falsche Angaben verführt, für eine völlig grundlose und nichtsnutzige Plackerei gehalten hätte, kam er auf die gegenwärtige Lage der Dinge. Er bemerkte, daß, weder nach göttlichen noch menschlichen Gesetzen, der Roßkamm, um dieses Mißgriffs willen, befugt gewesen wäre, eine so ungeheure Selbstrache, als er sich erlaubt, auszuüben; schilderte den Glanz, der durch eine Verhandlung mit demselben, als einer rechtlichen Kriegsgewalt, auf sein gottverdammtes Haupt falle; und die Schmach, die dadurch auf die geheiligte Person des Kurfürsten zurückspringe, schien ihm so unerträglich, daß er, im Feuer der Beredsamkeit, lieber das Äußerste erleben, den Rechtsschluß des rasenden Rebellen erfüllt, und den Junker, seinen Vetter, zur Dickfütterung der Rappen nach Kohlhaasenbrück abgeführt sehen, als den Vorschlag, den der Doktor Luther gemacht, angenommen wissen wollte. Der Großkanzler des Tribunals, Graf Wrede, äußerte, halb zu ihm gewandt, sein Bedauern, daß eine so zarte Sorgfalt, als er, bei der

Auflösung dieser allerdings mißlichen Sache, für den Ruhm des Herrn zeige, ihn nicht, bei der ersten Veranlassung derselben, erfüllt hätte. Er stellte dem Kurfürsten sein Bedenken vor, die Staatsgewalt, zur Durchsetzung einer offenbar unrechtlichen Maßregel, in Anspruch zu nehmen; bemerkte, mit einem bedeutenden Blick auf den Zulauf, den der Roßhändler fortdauernd im Lande fand, daß der Faden der Freveltaten sich auf diese Weise ins Unendliche fortzuspinnen drohe, und erklärte, daß nur ein schlichtes Rechttun, indem man unmittelbar und rücksichtslos den Fehltritt, den man sich zu Schulden kommen lassen, wieder gut machte, ihn abreißen und die Regierung glücklich aus diesem häßlichen Handel herausziehen könne. Der Prinz Christiern von Meißen, auf die Frage des Herrn, was er davon halte? äußerte, mit Verehrung gegen den Großkanzler gewandt: die Denkungsart, die er an den Tag lege, erfülle ihn zwar mit dem größesten Respekt; indem er aber dem Kohlhaas zu seinem Recht verhelfen wolle, bedenke er nicht daß er Wittenberg und Leipzig, und das ganze durch ihn mißhandelte Land, in seinem gerechten Anspruch auf Schadenersatz, oder wenigstens Bestrafung, beeinträchtige. Die Ordnung des Staats sei, in Beziehung auf diesen Mann, so verrückt, daß man sie schwerlich durch einen Grundsatz, aus der Wissenschaft des Rechts entlehnt, werde einrenken können. Daher stimme er, nach der Meinung des Kämmerers, dafür, das Mittel, das für solche Fälle eingesetzt sei, ins Spiel zu ziehen: einen Kriegshaufen, von hinreichender Größe zusammenzuraffen, und den Roßhändler, der in Lützen aufgepflanzt sei, damit aufzuheben oder zu erdrücken. Der Kämmerer, indem er für ihn und den Kurfürsten Stühle von der Wand nahm, und auf eine verbindliche Weise ins Zimmer setzte, sagte: er freue sich, daß ein Mann von seiner Rechtschaffenheit und Einsicht mit ihm in dem Mittel, diese Sache zweideutiger Art beizulegen, übereinstimme. Der Prinz, indem er den Stuhl, ohne sich zu setzen, in der Hand hielt, und ihn ansah, versicherte ihn: daß er gar nicht Ursache hätte sich deshalb zu freuen, indem die damit verbundene Maßregel notwendig die wäre, einen Verhaftungsbefehl vorher gegen ihn zu erlassen, und wegen Mißbrauchs des landesherrlichen Namens den Prozeß zu machen. Denn wenn Notwendigkeit erfordere, den Schleier vor dem Thron der Gerechtigkeit niederzulassen, über eine Reihe von Freveltaten, die unabsehbar wie sie sich forterzeugt, vor den Schranken desselben zu erscheinen, nicht mehr Raum fänden, so gelte das nicht von der ersten, die sie veranlaßt; und allererst seine Anklage auf Leben und Tod könne den Staat zur Zermalmung des Roßhändlers bevollmächtigen, dessen Sache, wie bekannt, sehr gerecht sei, und dem man das Schwert, das er führe, selbst in die Hand gegeben. Der Kurfürst, den der Junker bei diesen Worten betroffen ansah, wandte sich, indem er über das ganze Gesicht rot ward, und trat ans Fenster. Der Graf Kallheim, nach einer verlegenen Pause von allen Seiten, sagte, daß man auf diese Weise aus dem Zauberkreise, in dem man befangen, nicht herauskäme. Mit demselben Rechte könne seinem Neffen, dem Prinzen Friedrich, der Prozeß gemacht werden; denn auch er hätte, auf dem Streifzug sonderbarer Art, den er gegen den Kohlhaas unternommen, seine Instruktion auf mancherlei Weise überschritten: dergestalt, daß wenn man nach der weitläufigen Schar derjenigen frage, die die Verlegenheit, in welcher man sich befinde, veranlaßt, er gleichfalls unter die Zahl derselben würde benannt, und von dem Landesherrn wegen dessen was bei Mühlberg vorgefallen, zur Rechenschaft gezogen werden müssen. Der Mundschenk, Herr Hinz von Tronka, während der Kurfürst mit ungewissen Blicken an seinen Tisch trat, nahm das Wort und sagte: er begriffe nicht, wie der Staatsbeschluß, der zu fassen sei, Männern von solcher Weisheit, als hier versammelt wären, entgehen könne. Der Roßhändler habe, seines Wissens, gegen bloß freies Geleit nach

Dresden, und erneuerte Untersuchung seiner Sache, versprochen, den Haufen, mit dem er in das Land gefallen, auseinander gehen zu lassen. Daraus aber folge nicht, daß man ihm, wegen dieser frevelhaften Selbstrache, Amnestie erteilen müsse: zwei Rechtsbegriffe, die der Doktor Luther sowohl, als auch der Staatsrat zu verwechseln scheine. Wenn, fuhr er fort, indem er den Finger an die Nase legte, bei dem Tribunal zu Dresden, gleichviel wie, das Erkenntnis der Rappen wegen gefallen ist; so hindert nichts, den Kohlhaas auf den Grund seiner Mordbrennereien und Räubereien einzustecken: eine staatskluge Wendung, die die Vorteile der Ansichten beider Staatsmänner vereinigt, und des Beifalls der Welt und Nachwelt gewiß ist. – Der Kurfürst, da der Prinz sowohl als der Großkanzler dem Mundschenk, Herrn Hinz, auf diese Rede mit einem bloßen Blick antworteten, und die Verhandlung mithin geschlossen schien, sagte: daß er die verschiedenen Meinungen, die sie ihm vorgetragen, bis zur nächsten Sitzung des Staatsrats bei sich selbst überlegen würde. – Es schien, die Präliminar-Maßregel, deren der Prinz gedacht, hatte seinem für Freundschaft sehr empfänglichen Herzen die Lust benommen, den Heereszug gegen den Kohlhaas, zu welchem schon alles vorbereitet war, auszuführen Wenigstens behielt er den Großkanzler, Grafen Wrede, dessen Meinung ihm die zweckmäßigste schien, bei sich zurück; und da dieser ihm Briefe vorzeigte, aus welchen hervorging, daß der Roßhändler in der Tat schon zu einer Stärke von vierhundert Mann herangewachsen sei; ja, bei der allgemeinen Unzufriedenheit, die wegen der Unziemlichkeiten des Kämmerers im Lande herrschte, in kurzem auf eine doppelte und dreifache Stärke rechnen könne: so entschloß sich der Kurfürst, ohne weiteren Anstand, den Rat, den ihm der Doktor Luther erteilt, anzunehmen. Dem gemäß übergab er dem Grafen Wrede die ganze Leitung der Kohlhaasischen Sache;

und schon nach wenigen Tagen erschien ein Plakat, das wir, dem Hauptinhalt nach, folgendermaßen mitteilen:

> „Wir etc, etc. Kurfürst von Sachsen, erteilen, in besonders gnädiger Rücksicht auf die an Uns ergangene Fürsprache des Doktors Martin Luther, dem Michael Kohlhaas, Roßhändler aus dem Brandenburgischen, unter der Bedingung, binnen drei Tagen nach Sicht die Waffen, die er ergriffen, niederzulegen, behufs einer erneuerten Untersuchung seiner Sache, freies Geleit nach Dresden; dergestalt zwar, daß, wenn derselbe, wie nicht zu erwarten, bei dem Tribunal zu Dresden mit seiner Klage, der Rappen wegen, abgewiesen werden sollte, gegen ihn, seines eigenmächtigen Unternehmens wegen, sich selbst Recht zu verschaffen, mit der ganzen Strenge des Gesetzes verfahren werden solle; im entgegengesetzten Fall aber, ihm mit seinem ganzen Haufen, Gnade für Recht bewilligt, und völlige Amnestie, seiner in Sachsen ausgeübten Gewalttätigkeiten wegen, zugestanden sein solle."

Kohlhaas hatte nicht sobald, durch den Doktor Luther, ein Exemplar dieses in allen Plätzen des Landes angeschlagenen Plakats erhalten, als er, so bedingungsweise auch die darin geführte Sprache war, seinen ganzen Haufen schon, mit Geschenken, Danksagungen und zweckmäßigen Ermahnungen auseinander gehen ließ. Er legte alles, was er an Geld, Waffen und Gerätschaften erbeutet haben mochte, bei den Gerichten zu Lützen, als kurfürstliches Eigentum, nieder; und nachdem er den Waldmann mit Briefen, wegen Wiederkaufs seiner Meierei, wenn es möglich sei, an den Amtmann nach Kohlhaasenbrück, und den Sternbald zur Abholung seiner Kinder, die er wieder bei sich zu haben wünschte, nach Schwerin geschickt hatte, verließ er das Schloß zu Lützen, und ging, unerkannt, mit dem Rest seines kleinen Vermögens, das er in Papieren bei sich trug, nach Dresden.

Der Tag brach eben an, und die ganze Stadt schlief noch, als er an die Tür der kleinen, in der Pirnaischen Vorstadt gelegenen Besitzung, die ihm durch die Rechtschaffenheit des Amtmanns übrig geblieben war, anklopfte, und Thomas, dem alten, die Wirtschaft führenden Hausmann, der ihm mit Erstaunen und Bestürzung aufmachte, sagte: er möchte dem Prinzen von Meißen auf dem Gubernium melden, daß er, Kohlhaas der Roßhändler, da wäre. Der Prinz von Meißen, der auf diese Meldung für zweckmäßig hielt, augenblicklich sich selbst von dem Verhältnis, in welchem man mit diesem Mann stand, zu unterrichten, fand, als er mit einem Gefolge von Rittern und Troßknechten bald darauf erschien, in den Straßen, die zu Kohlhaasens Wohnung führten, schon eine unermeßliche Menschenmenge versammelt. Die Nachricht, daß der Würgengel da sei, der die Volksbedrücker mit Feuer und Schwert verfolgte, hatte ganz Dresden, Stadt und Vorstadt, auf die Beine gebracht; man mußte die Haustür vor dem Andrang des neugierigen Haufens verriegeln, und die Jungen kletterten an den Fenstern heran, um den Mordbrenner, der darin frühstückte, in Augenschein zu nehmen. Sobald der Prinz, mit Hülfe der ihm Platz machenden Wache, ins Haus gedrungen, und in Kohlhaasens Zimmer getreten war, fragte er diesen, welcher halb entkleidet an einem Tische stand: ob er Kohlhaas, der Roßhändler, wäre? worauf Kohlhaas, indem er eine Brieftasche mit mehreren über sein Verhältnis lautenden Papieren aus seinem Gurt nahm, und ihm ehrerbietig überreichte, antwortete: ja! und hinzusetzte: er finde sich nach Auflösung seines Kriegshaufens, der ihm erteilten landesherrlichen Freiheit gemäß, in Dresden ein, um seine Klage, der Rappen wegen, gegen den Junker Wenzel von Tronka vor Gericht zu bringen. Der Prinz, nach einem flüchtigen Blick, womit er ihn von Kopf zu Fuß überschaute, durchlief die in der Brieftasche befindlichen Papiere; ließ sich von ihm erklären, was es mit einem von dem Gericht zu Lützen ausgestellten Schein, den er darin fand, über die zu Gunsten des kurfürstlichen Schatzes gemachte Deposition für eine Bewandtnis habe; und nachdem er die Art des Mannes noch, durch Fragen mancherlei Gattung, nach seinen Kindern, seinem Vermögen und der Lebensart die er künftig zu führen denke, geprüft, und überall so, daß man wohl seinetwegen ruhig sein konnte, befunden hatte, gab er ihm die Briefschaften wieder, und sagte: daß seinem Prozeß nichts im Wege stünde, und daß er sich nur unmittelbar, um ihn einzuleiten, an den Großkanzler des Tribunals, Grafen Wrede, selbst wenden möchte. Inzwischen, sagte der Prinz, nach einer Pause, indem er ans Fenster trat, und mit großen Augen das Volk, das vor dem Hause versammelt war, überschaute: du wirst auf die ersten Tage eine Wache annehmen müssen, die dich, in deinem Hause sowohl, als wenn du ausgehst, schütze! – – Kohlhaas sah betroffen vor sich nieder, und schwieg. Der Prinz sagte: „gleichviel!“ indem er das Fenster wieder verließ. „Was daraus entsteht, du hast es dir selbst beizumessen“; und damit wandte er sich wieder nach der Tür, in der Absicht, das Haus zu verlassen. Kohlhaas, der sich besonnen hatte, sprach: Gnädigster Herr! tut, was Ihr wollt! Gebt mir Euer Wort, die Wache, sobald ich es wünsche, wieder aufzuheben: so habe ich gegen diese Maßregel nichts einzuwenden! Der Prinz erwiderte: das bedürfe der Rede nicht; und nachdem er drei Landsknechten, die man ihm zu diesem Zweck vorstellte, bedeutet hatte: daß der Mann, in dessen Hause sie zurückblieben, frei wäre, und daß sie ihm bloß zu seinem Schutz, wenn er ausginge, folgen sollten, grüßte er den Roßhändler mit einer herablassenden Bewegung der Hand, und entfernte sich.

Gegen Mittag begab sich Kohlhaas, von seinen drei Landsknechten begleitet, unter dem Gefolge einer unabsehbaren Menge, die ihm aber auf keine Weise, weil sie durch die Polizei gewarnt war, etwas zu Leide tat, zu dem Großkanzler des Tribunals, Grafen Wrede. Der Großkanzler, der ihn mit Milde und Freundlichkeit in seinem Vorgemach empfing, unterhielt sich während zwei ganzer Stunden mit ihm, und nachdem er sich den ganzen Verlauf der Sache, von Anfang bis zu Ende, hatte erzählen lassen, wies er ihn, zur unmittelbaren Abfassung und Einreichung der Klage, an einen, bei dem Gericht angestellten, berühmten Advokaten der Stadt. Kohlhaas, ohne weiteren Verzug, verfügte sich in dessen Wohnung; und nachdem die Klage, ganz der ersten niedergeschlagenen gemäß, auf Bestrafung des Junkers nach den Gesetzen, Wiederherstellung der Pferde in den vorigen Stand, und Ersatz *seines* Schadens sowohl, als auch dessen, den sein bei Mühlberg gefallener Knecht Herse erlitten hatte, zu Gunsten der alten Mutter desselben, aufgesetzt war, begab er sich wieder, unter Begleitung des ihn immer noch angaffenden Volks, nach Hause zurück, wohl entschlossen, es anders nicht, als nur wenn notwendige Geschäfte ihn riefen, zu verlassen.

Inzwischen war auch der Junker seiner Haft in Wittenberg entlassen, und nach Herstellung von einer gefährlichen Rose, die seinen Fuß entzündet hatte, von dem Landesgericht unter peremtorischen Bedingungen aufgefordert worden, sich zur Verantwortung auf die von dem Roßhändler Kohlhaas gegen ihn eingereichte Klage, wegen widerrechtlich abgenommener und zu Grunde gerichteter Rappen, in Dresden zu stellen. Die Gebrüder Kämmerer und Mundschenk von Tronka, Lehnsvettern des Junkers, in deren Hause er abtrat, empfingen ihn mit der größesten Erbitterung und Verachtung; sie nannten ihn einen Elenden und Nichtswürdigen, der Schande und Schmach über die ganze Familie bringe, kündigten ihm an, daß er seinen Prozeß nunmehr unfehlbar verlieren würde, und forderten ihn auf, nur gleich zur

Herbeischaffung der Rappen, zu deren Dickfütterung er, zum Hohngelächter der Welt, verdammt werden werde, Anstalt zu machen. Der Junker sagte, mit schwacher, zitternder Stimme: er sei der bejammernswürdigste Mensch von der Welt. Er verschwor sich, daß er von dem ganzen verwünschten Handel, der ihn ins Unglück stürze, nur wenig gewußt, und daß der Schloßvogt und der Verwalter an allem schuld wären, indem sie die Pferde, ohne sein entferntestes Wissen und Wollen, bei der Ernte gebraucht, und durch unmäßige Anstrengungen, zum Teil auf ihren eigenen Feldern, zu Grunde gerichtet hätten. Er setzte sich, indem er dies sagte, und bat ihn nicht durch Kränkungen und Beleidigungen in das Übel, von dem er nur soeben erst erstanden sei, mutwillig zurückzustürzen. Am andern Tage schrieben die Herren Hinz und Kunz, die in der Gegend der eingeäscherten Tronkenburg Güter besaßen, auf Ansuchen des Junkers, ihres Vetters, weil doch nichts anders übrig blieb, an ihre dort befindlichen Verwalter und Pächter, um Nachricht über die an jenem unglücklichen Tage abhanden gekommenen und seitdem gänzlich verschollenen Rappen einzuziehn. Aber alles, was sie bei der gänzlichen Verwüstung des Platzes, und der Niedermetzelung fast aller Einwohner, erfahren konnten, war, daß ein Knecht sie, von den flachen Hieben des Mordbrenners getrieben, aus dem brennenden Schuppen, in welchem sie standen, gerettet, nachher aber auf die Frage, wo er sie hinführen, und was er damit anfangen solle, von dem grimmigen Wüterich einen Fußtritt zur Antwort erhalten habe. Die alte, von der Gicht geplagte Haushälterin des Junkers, die sich nach Meißen geflüchtet hatte, versicherte demselben, auf eine schriftliche Anfrage, daß der Knecht sich, am Morgen jener entsetzlichen Nacht, mit den Pferden nach der brandenburgischen Grenze gewandt habe; doch alle Nachfragen, die man daselbst anstellte, waren vergeblich, und es schien dieser Nachricht ein Irrtum zum Grunde zu liegen, indem der Junker keinen Knecht hatte, der im Brandenburgischen, oder auch nur auf der Straße dorthin, zu Hause war. Männer aus Dresden, die wenige Tage nach dem Brande der Tronkenburg in Wilsdruf gewesen waren, sagten aus, daß um die benannte Zeit ein Knecht mit zwei an der Halfter gehenden Pferden dort angekommen, und die Tiere, weil sie sehr elend gewesen wären, und nicht weiter fort gekonnt hätten, im Kuhstall eines Schäfers, der sie wieder hätte aufbringen wollen, stehen gelassen hätte. Es schien mancherlei Gründe wegen sehr wahrscheinlich, daß dies die in Untersuchung stehenden Rappen waren; aber der Schäfer aus Wilsdruf hatte sie, wie Leute, die dorther kamen, versicherten, schon wieder, man wußte nicht an wen, verhandelt; und ein drittes Gerücht, dessen Urheber unentdeckt blieb, sagte gar aus, daß die Pferde bereits in Gott verschieden, und in der Knochengrube zu Wilsdruf begraben wären. Die Herren Hinz und Kunz, denen diese Wendung der Dinge, wie man leicht begreift, die erwünschteste war, indem sie dadurch, bei des Junkers ihres Vetters Ermangelung eigener Ställe, der Notwendigkeit, die Rappen in den ihrigen aufzufüttern, überhoben waren, wünschten gleichwohl, völliger Sicherheit wegen, diesen Umstand zu bewahrheiten. Herr Wenzel von Tronka erließ demnach, als Erb-, Lehns- und Gerichtsherr, ein Schreiben an die Gerichte zu Wilsdruf, worin er dieselben, nach einer weitläufigen Beschreibung der Rappen, die, wie er sagte, ihm anvertraut und durch einen Unfall abhanden gekommen wären, dienstfreundlichst ersuchte, den dermaligen Aufenthalt derselben zu erforschen, und den Eigner, wer er auch sei, aufzufordern und anzuhalten, sie, gegen reichliche Wiedererstattung aller Kosten, in den Ställen des Kämmerers, Herrn Kunz, zu Dresden abzuliefern. Dem gemäß erschien auch wirklich, wenige Tage darauf, der Mann an den sie der Schäfer aus Wilsdruf verhandelt hatte, und führte sie, dürr und wankend, an die Runge seines Karrens gebunden, auf den

Markt der Stadt; das Unglück aber Herrn Wenzels, und noch mehr des ehrlichen Kohlhaas wollte, daß es der Abdecker aus Döbbeln war.

Sobald Herr Wenzel, in Gegenwart des Kämmerers, seines Vetters, durch ein unbestimmtes Gerücht vernommen hatte, daß ein Mann mit zwei schwarzen aus dem Brande der Tronkenburg entkommenen Pferden in der Stadt angelangt sei, begaben sich beide, in Begleitung einiger aus dem Hause zusammengerafften Knechte, auf den Schloßplatz, wo er stand, um sie demselben, falls es die dem Kohlhaas zugehörigen wären, gegen Erstattung der Kosten abzunehmen, und nach Hause zu führen. Aber wie betreten waren die Ritter, als sie bereits einen, von Augenblick zu Augenblick sich vergrößernden Haufen von Menschen, den das Schauspiel herbeigezogen, um den zweirädrigen Karren, an dem die Tiere befestigt waren, erblickten; unter unendlichem Gelächter einander zurufend, daß die Pferde schon, um derenthalben der Staat wanke, an den Schinder gekommen wären! Der Junker, der um den Karren herumgegangen war, und die jämmerlichen Tiere, die alle Augenblicke sterben zu wollen schienen, betrachtet hatte, sagte verlegen: das wären die Pferde nicht, die er dem Kohlhaas abgenommen; doch Herr Kunz, der Kämmerer, einen Blick sprachlosen Grimms voll auf ihn werfend, der, wenn er von Eisen gewesen wäre, ihn zerschmettert hätte, trat, indem er seinen Mantel, Orden und Kette entblößend, zurückschlug, zu dem Abdecker heran, und fragte ihn: ob das die Rappen wären, die der Schäfer von Wilsdruf an sich gebracht, und der Junker Wenzel von Tronka, dem sie gehörten, bei den Gerichten daselbst requiriert hätte? Der Abdecker, der, einen Eimer Wasser in der Hand, beschäftigt war, einen dicken, wohlbeleibten Gaul, der seinen Karren zog, zu tränken, sagte: „die schwarzen?“ – Er streifte dem Gaul, nachdem er den Eimer niedergesetzt, das Gebiß aus dem

Maul, und sagte: „die Rappen, die an die Runge gebunden wären, hätte ihm der Schweinehirte von Hainichen verkauft. Wo der sie her hätte, und ob sie von dem Wilsdrufer Schäfer kämen, das wisse er nicht. Ihm hätte“, sprach er, während er den Eimer wieder aufnahm, und zwischen Deichsel und Knie anstemmte: „ihm hätte der Gerichtsbote aus Wilsdruf gesagt, daß er sie nach Dresden in das Haus derer von Tronka bringen solle; aber der Junker, an den er gewiesen sei, heiße Kunz.“ Bei diesen Worten wandte er sich mit dem Rest des Wassers, den der Gaul im Eimer übrig gelassen hatte, und schüttete ihn auf das Pflaster der Straße aus. Der Kämmerer, der, von den Blicken der hohnlachenden Menge umstellt, den Kerl, der mit empfindungslosem Eifer seine Geschäfte betrieb, nicht bewegen konnte, daß er ihn ansah, sagte: daß er der Kämmerer, Kunz von Tronka, wäre; die Rappen aber, die er an sich bringen solle, müßten dem Junker, seinem Vetter, gehören; von einem Knecht, der bei Gelegenheit des Brandes aus der Tronkenburg entwichen, an den Schäfer zu Wilsdruf gekommen, und ursprünglich zwei dem Roßhändler Kohlhaas zugehörige Pferde sein! Er fragte den Kerl, der mit gespreizten Beinen dastand, und sich die Hosen in die Höhe zog: ob er davon nichts wisse? Und ob sie der Schweinehirte von Hainichen nicht vielleicht, auf welchen Umstand alles ankomme, von dem Wilsdrufer Schäfer, oder von einem Dritten, der sie seinerseits von demselben gekauft, erstanden hätte? – Der Abdecker, der sich an den Wagen gestellt und sein Wasser abgeschlagen hatte, sagte: „er wäre mit den Rappen nach Dresden bestellt, um in dem Hause derer von Tronka sein Geld dafür zu empfangen. Was er da vorbrächte, verstände er nicht; und ob sie, vor dem Schweinehirten aus Hainichen, Peter oder Paul besessen hätte, oder der Schäfer aus Wilsdruf, gelte ihm, da sie nicht gestohlen wären, gleich.“ Und damit ging er, die Peitsche quer über seinen breiten Rücken, nach einer Kneipe, die auf dem Platze lag, in der Absicht, hungrig wie er war, ein Frühstück einzunehmen. Der Kämmerer, der auf der Welt Gottes nicht wußte, was er mit Pferden, die der Schweinehirte von Hainichen an den Schinder in Döbbeln verkauft, machen solle, falls es nicht diejenigen wären, auf welchen der Teufel durch Sachsen ritt, forderte den Junker auf, ein Wort zu sprechen; doch da dieser mit bleichen, bebenden Lippen erwiderte: das Ratsamste wäre, daß man die Rappen kaufe, sie möchten dem Kohlhaas gehören oder nicht: so trat der Kämmerer, Vater und Mutter, die ihn geboren, verfluchend, indem er sich den Mantel zurückschlug, gänzlich unwissend, was er zu tun oder zu lassen habe, aus dem Haufen des Volks zurück. Er rief den Freiherrn von Wenk, einen Bekannten, der über die Straße ritt, zu sich heran, und trotzig, den Platz nicht zu verlassen, eben weil das Gesindel höhnisch auf ihn einblickte, und, mit vor dem Mund zusammengedrückten Schnupftüchern, nur auf seine Entfernung zu warten schien, um loszuplatzen, bat er ihn, bei dem Großkanzler, Grafen Wrede, abzusteigen, und durch dessen Vermittelung den Kohlhaas zur Besichtigung der Rappen herbeizuschaffen. Es traf sich, daß Kohlhaas eben, durch einen Gerichtsboten herbeigerufen, in dem Gemach des Großkanzlers, gewisser, die Deposition in Lützen betreffenden Erläuterungen wegen, die man von ihm bedurfte, gegenwärtig war, als der Freiherr, in der eben erwähnten Absicht, zu ihm ins Zimmer trat; und während der Großkanzler sich mit einem verdrießlichen Gesicht vom Sessel erhob, und den Roßhändler, dessen Person jenem unbekannt war, mit den Papieren, die er in der Hand hielt, zur Seite stehen ließ, stellte der Freiherr ihm die Verlegenheit, in welcher sich die Herren von Tronka befanden, vor. Der Abdecker von Döbbeln sei, auf mangelhafte Requisition der Wilsdrufer Gerichte, mit Pferden erschienen, deren Zustand so heillos beschaffen wäre, daß der Junker Wenzel anstehen müsse, sie für die dem Kohlhaas gehörigen anzuerkennen; dergestalt, daß, falls man sie gleichwohl dem Abdecker abnehmen solle, um in den Ställen der Ritter, zu ihrer Wiederherstellung, einen Versuch zu machen, vorher eine Okular-Inspektion des Kohlhaas, um den besagten Umstand außer Zweifel zu setzen, notwendig sei. „Habt demnach die Güte, schloß er, den Roßhändler durch eine Wache aus seinem Hause abholen und auf den Markt, wo die Pferde stehen, hinführen zu lassen." Der Großkanzler, indem er sich eine Brille von der Nase nahm, sagte: daß er in einem doppelten Irrtum stünde; einmal, wenn er glaube, daß der in Rede stehende Umstand anders nicht, als durch eine Okular-Inspektion des Kohlhaas auszumitteln sei; und dann, wenn er sich einbilde, er, der Kanzler, sei befugt, den Kohlhaas durch eine Wache, wohin es dem Junker beliebe, abführen zu lassen. Dabei stellte er ihm den Roßhändler, der hinter ihm stand, vor, und bat ihn, indem er sich niederließ und seine Brille wieder aufsetzte, sich in dieser Sache an ihn selbst zu wenden. – Kohlhaas, der mit keiner Miene, was in seiner Seele vorging, zu erkennen gab, sagte: daß er bereit wäre, ihm zur Besichtigung der Rappen, die der Abdecker in die Stadt gebracht, auf den Markt zu folgen. Er trat, während der Freiherr sich betroffen zu ihm umkehrte, wieder an den Tisch des Großkanzlers heran, und nachdem er demselben noch, aus den Papieren seiner Brieftasche, mehrere, die Deposition in Lützen betreffende Nachrichten gegeben hatte, beurlaubte er sich von ihm; der Freiherr, der, über das ganze Gesicht rot, ans Fenster getreten war, empfahl sich ihm gleichfalls; und beide gingen, begleitet von den drei durch den Prinzen von Meißen eingesetzten Landsknechten, unter dem Troß einer Menge von Menschen, nach dem Schloßplatz hin. Der Kämmerer, Herr Kunz, der inzwischen den Vorstellungen mehrerer Freunde, die sich um ihn eingefunden hatten, zum Trotz, seinen Platz, dem Abdecker von Döbbeln gegenüber, unter dem Volke behauptet hatte, trat, sobald der

Freiherr mit dem Roßhändler erschien, an den letzteren heran, und fragte ihn, indem er sein Schwert, mit Stolz und Ansehen, unter dem Arm hielt: ob die Pferde, die hinter dem Wagen stünden, die seinigen wären? Der Roßhändler, nachdem er, mit einer bescheidenen Wendung gegen den die Frage an ihn richtenden Herrn, den er nicht kannte, den Hut gerückt hatte, trat, ohne ihm zu antworten, im Gefolge sämtlicher Ritter, an den Schinderkarren heran; und die Tiere, die, auf wankenden Beinen, die Häupter zur Erde gebeugt, dastanden, und von dem Heu, das ihnen der Abdecker vorgelegt hatte, nicht fraßen, flüchtig, aus einer Ferne von zwölf Schritt, in welcher er stehen blieb, betrachtet: gnädigster Herr! wandte er sich wieder zu dem Kämmerer zurück, der Abdecker hat ganz recht; die Pferde, die an seinen Karren gebunden sind, gehören mir! Und damit, indem er sich in dem ganzen Kreise der Herren umsah, rückte er den Hut noch einmal, und begab sich, von seiner Wache begleitet, wieder von dem Platz hinweg. Bei diesen Worten trat der Kämmerer, mit einem raschen, seinen Helmbusch erschütternden Schritt zu dem Abdecker heran, und warf ihm einen Beutel mit Geld zu; und während dieser sich, den Beutel in der Hand, mit einem bleiernen Kamm die Haare über die Stirn zurückkämmte, und das Geld betrachtete, befahl er einem Knecht, die Pferde abzulösen und nach Hause zu führen! Der Knecht, der auf den Ruf des Herrn, einen Kreis von Freunden und Verwandten, die er unter dem Volke besaß, verlassen hatte, trat auch, in der Tat, ein wenig rot im Gesicht, über eine große Mistpfütze, die sich zu ihren Füßen gebildet hatte, zu den Pferden heran; doch kaum hatte er ihre Halftern erfaßt, um sie loszubinden, als ihn Meister Himboldt, sein Vetter, schon beim Arm ergriff, und mit den Worten: du rührst die Schindmähren nicht an! von dem Karren hinwegschleuderte. Er setzte, indem er sich mit ungewissen Schritten über die Mistpfütze wieder zu dem Kämmerer, der über diesen Vorfall sprachlos dastand, zurück wandte, hinzu: daß er sich einen Schinderknecht anschaffen müsse, um ihm einen solchen Dienst zu leisten! Der Kämmerer, der, vor Wut schäumend, den Meister auf einen Augenblick betrachtet hatte, kehrte sich um und rief über die Häupter der Ritter, die ihn umringten, hinweg, nach der Wache; und sobald, auf die Bestellung des Freiherrn von Wenk, ein Offizier mit einigen kurfürstlichen Trabanten, aus dem Schloß erschienen war, forderte er denselben unter einer kurzen Darstellung der schändlichen Aufhetzerei, die sich die Bürger der Stadt erlaubten, auf, den Rädelsführer, Meister Himboldt, in Verhaft zu nehmen. Er verklagte den Meister, indem er ihn bei der Brust faßte: daß er seinen, die Rappen auf seinen Befehl losbindenden Knecht von dem Karren hinwegeschleudert und mißhandelt hätte. Der Meister, indem er den Kämmerer mit einer geschickten Wendung, die ihn befreiete, zurückwies, sagte: gnädigster Herr! einem Burschen von zwanzig Jahren bedeuten, was er zu tun hat, heißt nicht, ihn verhetzen! Befragt ihn, ob er sich gegen Herkommen und Schicklichkeit mit den Pferden, die an die Karre gebunden sind, befassen will; will er es, nach dem, was ich gesagt, tun: sei's! Meinethalb mag er sie jetzt abludern und häuten! Bei diesen Worten wandte sich der Kämmerer zu dem Knecht herum, und fragte ihn: ob er irgend Anstand nähme, seinen Befehl zu erfüllen, und die Pferde, die dem Kohlhaas gehörten, loszubinden, und nach Hause zu führen? und da dieser schüchtern, indem er sich unter die Bürger mischte, erwiderte: die Pferde müßten erst ehrlich gemacht werden, bevor man ihm das zumute; so folgte ihm der Kämmerer von hinten, riß ihm den Hut ab, der mit seinem Hauszeichen geschmückt war, zog, nachdem er den Hut mit Füßen getreten, von Leder, und jagte den Knecht mit wütenden Hieben der Klinge augenblicklich vom Platz weg und aus seinen Diensten. Meister Himboldt rief: schmeißt den Mordwüterich doch gleich zu

Boden! und während die Bürger, von diesem Auftritt empört, zusammentraten, und die Wache hinwegdrängten, warf er den Kämmerer von hinten nieder, riß ihm Mantel, Kragen und Helm ab, wand ihm das Schwert aus der Hand, und schleuderte es, in einem grimmigen Wurf, weit über den Platz hinweg. Vergebens rief der Junker Wenzel, indem er sich aus dem Tumult rettete, den Rittern zu, seinem Vetter beizuspringen; ehe sie noch einen Schritt dazu getan hatten, waren sie schon von dem Andrang des Volks zerstreut, dergestalt, daß der Kämmerer, der sich den Kopf beim Fallen verletzt hatte, der ganzen Wut der Menge preis gegeben war. Nichts, als die Erscheinung eines Trupps berittener Landsknechte, die zufällig über den Platz zogen, und die der Offizier der kurfürstlichen Trabanten zu seiner Unterstützung herbeirief, konnte den Kämmerer retten. Der Offizier, nachdem er den Haufen verjagt, ergriff den wütenden Meister, und während derselbe durch einige Reuter nach dem Gefängnis gebracht ward, hoben zwei Freunde den unglücklichen mit Blut bedeckten Kämmerer vom Boden auf, und führten ihn nach Hause. Einen so heillosen Ausgang nahm der wohlgemeinte und redliche Versuch, dem Roßhändler wegen des Unrechts, das man ihm zugefügt, Genugtuung zu verschaffen. Der Abdecker von Döbbeln, dessen Geschäft abgemacht war, und der sich nicht länger aufhalten wollte, band, da sich das Volk zu zerstreuen anfing, die Pferde an einen Laternenpfahl, wo sie, den ganzen Tag über, ohne daß sich jemand um sie bekümmerte, ein Spott der Straßenjungen und Tagediebe, stehen blieben; dergestalt, daß in Ermangelung aller Pflege und Wartung die Polizei sich ihrer annehmen mußte, und gegen Einbruch der Nacht den Abdecker von Dresden herbeirief, um sie, bis auf weitere Verfügung, auf der Schinderei vor der Stadt zu besorgen.

Dieser Vorfall, so wenig der Roßhändler ihn in der Tat verschuldet hatte, erweckte gleichwohl, auch bei den Gemäßigtern und

Besseren, eine, dem Ausgang seiner Streitsache höchst gefährliche Stimmung im Lande. Man fand das Verhältnis desselben zum Staat ganz unerträglich, und in Privathäusern und auf öffentlichen Plätzen, erhob sich die Meinung, daß es besser sei, ein offenbares Unrecht an ihm zu verüben, und die ganze Sache von neuem niederzuschlagen, als ihm Gerechtigkeit, durch Gewalttaten ertrotzt, in einer so nichtigen Sache, zur bloßen Befriedigung seines rasenden Starrsinns, zukommen zu lassen. Zum völligen Verderben des armen Kohlhaas mußte der Großkanzler selbst, aus übergroßer Rechtlichkeit, und einem davon herrührenden Haß gegen die Familie von Tronka, beitragen, diese Stimmung zu befestigen und zu verbreiten. Es war höchst unwahrscheinlich, daß die Pferde, die der Abdecker von Dresden jetzt besorgte, jemals wieder in den Stand, wie sie aus dem Stall zu Kohlhaasenbrück gekommen waren, hergestellt werden würden; doch gesetzt, daß es durch Kunst und anhaltende Pflege möglich gewesen wäre: die Schmach, die zufolge der bestehenden Umstände, dadurch auf die Familie des Junkers fiel, war so groß, daß bei dem staatsbürgerlichen Gewicht, den sie, als eine der ersten und edelsten, im Lande hatte, nichts billiger und zweckmäßiger schien, als eine Vergütigung der Pferde in Geld einzuleiten. Gleichwohl, auf einen Brief, in welchem der Präsident, Graf Kallheim, im Namen des Kämmerers, den seine Krankheit abhielt, dem Großkanzler, einige Tage darauf, diesen Vorschlag machte, erließ derselbe zwar ein Schreiben an den Kohlhaas, worin er ihn ermahnte, einen solchen Antrag, wenn er an ihn ergehen sollte, nicht von der Hand zu weisen; den Präsidenten selbst aber bat er, in einer kurzen, wenig verbindlichen Antwort, ihn mit Privataufträgen in dieser Sache zu verschonen, und forderte den Kämmerer auf, sich an den Roßhändler selbst zu wenden, den er ihm als einen sehr billigen und bescheidenen Mann schilderte. Der Roßhändler, dessen Wille, durch den Vorfall, der sich auf dem

Markt zugetragen, in der Tat gebrochen war, wartete auch nur, dem Rat des Großkanzlers gemäß, auf eine Eröffnung von Seiten des Junkers, oder seiner Angehörigen, um ihnen mit völliger Bereitwilligkeit und Vergebung alles Geschehenen, entgegenzukommen; doch eben diese Eröffnung war den stolzen Rittern zu tun empfindlich; und schwer erbittert über die Antwort, die sie von dem Großkanzler empfangen hatten, zeigten sie dieselbe dem Kurfürsten, der, am Morgen des nächstfolgenden Tages, den Kämmerer krank, wie er an seinen Wunden daniederlag, in seinem Zimmer besucht hatte. Der Kämmerer, mit einer, durch seinen Zustand, schwachen und rührenden Stimme, fragte ihn, ob er, nachdem er sein Leben daran gesetzt, um diese Sache, seinen Wünschen gemäß, beizulegen, auch noch seine Ehre dem Tadel der Welt aussetzen, und mit einer Bitte um Vergleich und Nachgiebigkeit, vor einem Manne erscheinen solle, der alle nur erdenkliche Schmach und Schande über ihn und seine Familie gebracht habe. Der Kurfürst, nachdem er den Brief gelesen hatte, fragte den Grafen Kallheim verlegen: ob das Tribunal nicht befugt sei, ohne weitere Rücksprache mit dem Kohlhaas, auf den Umstand, daß die Pferde nicht wieder herzustellen wären, zu fußen, und dem gemäß das Urteil, gleich, als ob sie tot wären, auf bloße Vergütigung derselben in Geld abzufassen? Der Graf antwortete: „gnädigster Herr, sie *sind* tot: sind in staatsrechtlicher Bedeutung tot, weil sie keinen Wert haben, und werden es physisch sein, bevor man sie, aus der Abdeckerei, in die Ställe der Ritter gebracht hat“; worauf der Kurfürst, indem er den Brief einsteckte, sagte, daß er mit dem Großkanzler selbst darüber sprechen wolle, den Kämmerer, der sich halb aufrichtete und seine Hand dankbar ergriff, beruhigte, und nachdem er ihm noch empfohlen hatte, für seine Gesundheit Sorge zu tragen, mit vieler Huld sich von seinem Sessel erhob, und das Zimmer verließ.

So standen die Sachen in Dresden, als sich über den armen Kohlhaas, noch ein anderes, bedeutenderes Gewitter, von Lützen her, zusammenzog, dessen Strahl die arglistigen Ritter geschickt genug waren, auf das unglückliche Haupt desselben herabzuleiten. Johann Nagelschmidt nämlich, einer von den durch den Roßhändler zusammengebrachten, und nach Erscheinung der kurfürstlichen Amnestie wieder abgedankten Knechten, hatte für gut befunden, wenige Wochen nachher, an der böhmischen Grenze, einen Teil dieses zu allen Schandtaten aufgelegten Gesindels von neuem zusammenzuraffen, und das Gewerbe, auf dessen Spur ihn Kohlhaas geführt hatte, auf seine eigne Hand fortzusetzen. Dieser nichtsnutzige Kerl nannte sich, teils um den Häschern von denen er verfolgt ward, Furcht einzuflößen, teils um das Landvolk, auf die gewohnte Weise, zur Teilnahme an seinen Spitzbübereien zu verleiten, einen Statthalter des Kohlhaas; sprengte mit einer seinem Herrn abgelernten Klugheit aus, daß die Amnestie an mehreren, in ihre Heimat ruhig zurückgekehrten Knechten nicht gehalten, ja der Kohlhaas selbst, mit himmelschreiender Wortbrüchigkeit, bei seiner Ankunft in Dresden eingesteckt, und einer Wache übergeben worden sei; dergestalt, daß in Plakaten, die den Kohlhaasischen ganz ähnlich waren, sein Mordbrennerhaufen als ein zur bloßen Ehre Gottes aufgestandener Kriegshaufen erschien, bestimmt, über die Befolgung der ihnen von dem Kurfürsten angelobten Amnestie zu wachen; alles, wie schon gesagt, keineswegs zur Ehre Gottes, noch aus Anhänglichkeit an den Kohlhaas, dessen Schicksal ihnen völlig gleichgültig war, sondern um unter dem Schutz solcher Vorspiegelungen desto ungestrafter und bequemer zu sengen und zu plündern. Die Ritter, sobald die ersten Nachrichten davon nach Dresden kamen, konnten ihre Freude über diesen, dem ganzen Handel eine andere Gestalt gebenden Vorfall nicht unterdrücken. Sie erinnerten mit weisen und mißvergnügten Seitenblicken an den

Mißgriff, den man begangen, indem man dem Kohlhaas, ihren dringenden und wiederholten Warnungen zum Trotz, Amnestie erteilt, gleichsam als hätte man die Absicht gehabt Bösewichtern aller Art dadurch, zur Nachfolge auf seinem Wege, das Signal zu geben; und nicht zufrieden, dem Vorgeben des Nagelschmidt, zur bloßen Aufrechthaltung und Sicherheit seines unterdrückten Herrn die Waffen ergriffen zu haben, Glauben zu schenken, äußerten sie sogar die bestimmte Meinung, daß die ganze Erscheinung desselben nichts, als ein von dem Kohlhaas angezetteltes Unternehmen sei, um die Regierung in Furcht zu setzen, und den Fall des Rechtsspruchs, Punkt vor Punkt, seinem rasenden Eigensinn gemäß, durchzusetzen und zu beschleunigen. Ja, der Mundschenk, Herr Hinz, ging so weit, einigen Jagdjunkern und Hofherren, die sich nach der Tafel im Vorzimmer des Kurfürsten um ihn versammelt hatten, die Auflösung des Räuberhaufens in Lützen als eine verwünschte Spiegelfechterei darzustellen; und indem er sich über die Gerechtigkeitsliebe des Großkanzlers sehr lustig machte, erwies er aus mehreren witzig zusammengestellten Umständen, daß der Haufen, nach wie vor, noch in den Wäldern des Kurfürstentums vorhanden sei, und nur auf den Wink des Roßhändlers warte, um daraus von neuem mit Feuer und Schwert hervorzubrechen. Der Prinz Christiern von Meißen, über diese Wendung der Dinge, die seines Herrn Ruhm auf die empfindlichste Weise zu beflecken drohete, sehr mißvergnügt, begab sich sogleich zu demselben aufs Schloß; und das Interesse der Ritter, den Kohlhaas, wenn es möglich wäre, auf den Grund neuer Vergehungen zu stürzen, wohl durchschauend, bat er sich von demselben die Erlaubnis aus, unverzüglich ein Verhör über den Roßhändler anstellen zu dürfen. Der Roßhändler, nicht ohne Befremden, durch einen Häscher in das Gubernium abgeführt, erschien, den Heinrich und Leopold, seine beiden kleinen Knaben auf dem Arm; denn Sternbald, der Knecht, war Tags zuvor mit seinen fünf Kindern aus dem Mecklenburgischen, wo sie sich aufgehalten hatten, bei ihm angekommen, und Gedanken mancherlei Art, die zu entwickeln zu weitläufig sind, bestimmten ihn, die Jungen, die ihn bei seiner Entfernung unter dem Erguß kindischer Tränen darum baten, aufzuheben, und in das Verhör mitzunehmen. Der Prinz, nachdem er die Kinder, die Kohlhaas neben sich niedergesetzt hatte, wohlgefällig betrachtet und auf eine freundliche Weise nach ihrem Alter und Namen gefragt hatte, eröffnete ihm, was der Nagelschmidt, sein ehemaliger Knecht, sich in den Tälern des Erzgebirges für Freiheiten herausnehme; und indem er ihm die sogenannten Mandate desselben überreichte, forderte er ihn auf, dagegen vorzubringen, was er zu seiner Rechtfertigung vorzubringen wüßte. Der Roßhändler, so schwer er auch in der Tat über diese schändlichen und verräterischen Papiere erschrak, hatte gleichwohl, einem so rechtschaffenen Manne, als der Prinz war, gegenüber, wenig Mühe, die Grundlosigkeit der gegen ihn auf die Bahn gebrachten Beschuldigungen, befriedigend auseinander zu legen. Nicht nur, daß zufolge seiner Bemerkung er, so wie die Sachen standen, überhaupt noch zur Entscheidung seines, im besten Fortgang begriffenen Rechtsstreits, keiner Hülfe von Seiten eines Dritten bedürfte: aus einigen Briefschaften, die er bei sich trug, und die er dem Prinzen vorzeigte, ging sogar eine Unwahrscheinlichkeit ganz eigner Art hervor, daß das Herz des Nagelschmidts gestimmt sein sollte, ihm dergleichen Hülfe zu leisten, indem er den Kerl, wegen auf dem platten Lande verübter Notzucht und anderer Schelmereien, kurz vor Auflösung des Haufens in Lützen hatte hängen lassen wollen; dergestalt, daß nur die Erscheinung der kurfürstlichen Amnestie, indem sie das ganze Verhältnis aufhob, ihn gerettet hatte, und beide Tags darauf, als Todfeinde auseinander gegangen waren. Kohlhaas, auf seinen von dem Prinzen angenommenen Vorschlag, setzte sich nieder, und erließ ein Sendschreiben an den Nagelschmidt, worin er das Vorgeben desselben zur Aufrechthaltung der an ihm und seinen Haufen gebrochenen Amnestie aufgestanden zu sein, für eine schändliche und ruchlose Erfindung erklärte; ihm sagte, daß er bei seiner Ankunft in Dresden weder eingesteckt, noch einer Wache übergeben, auch seine Rechtssache ganz so, wie er es wünsche, im Fortgang sei; und ihn wegen der, nach Publikation der Amnestie im Erzgebirge ausgeübten Mordbrennereien, zur Warnung des um ihn versammelten Gesindels, der ganzen Rache der Gesetze preis gab. Dabei wurden einige Fragmente der Kriminalverhandlung, die der Roßhändler auf dem Schlosse zu Lützen, in Bezug auf die oben erwähnten Schändlichkeiten, über ihn hatte anstellen lassen, zur Belehrung des Volks über diesen nichtsnutzigen, schon damals dem Galgen bestimmten, und, wie schon erwähnt, nur durch das Patent das der Kurfürst erließ, geretteten Kerl, angehängt. Dem gemäß beruhigte der Prinz den Kohlhaas über den Verdacht, den man ihm, durch die Umstände notgedrungen, in diesem Verhör habe äußern müssen; versicherte ihn, daß so lange *er* in Dresden wäre, die ihm erteilte Amnestie auf keine Weise gebrochen werden solle; reichte den Knaben noch einmal, indem er sie mit Obst, das auf seinem Tische stand, beschenkte, die Hand, grüßte den Kohlhaas und entließ ihn. Der Großkanzler, der gleichwohl die Gefahr, die über den Roßhändler schwebte, erkannte, tat sein Äußerstes, um die Sache desselben, bevor sie durch neue Ereignisse verwickelt und verworren würde, zu Ende zu bringen; das aber wünschten und bezweckten die staatsklugen Ritter eben, und statt, wie zuvor, mit stillschweigendem Eingeständnis der Schuld, ihren Widerstand auf ein bloß gemildertes Rechtserkenntnis einzuschränken, fingen sie jetzt an, in Wendungen arglistiger und rabulistischer Art, diese Schuld selbst gänzlich zu leugnen. Bald gaben sie vor, daß die

Rappen des Kohlhaas, in Folge eines bloß eigenmächtigen Verfahrens des Schloßvogts und Verwalters, von welchem der Junker nichts oder nur Unvollständiges gewußt, auf der Tronkenburg zurückgehalten worden seien; bald versicherten sie, daß die Tiere schon, bei ihrer Ankunft daselbst, an einem heftigen und gefährlichen Husten krank gewesen wären, und beriefen sich deshalb auf Zeugen, die sie herbeizuschaffen sich anheischig machten; und als sie mit diesen Argumenten, nach weitläufigen Untersuchungen und Auseinandersetzungen, aus dem Felde geschlagen waren, brachten sie gar ein kurfürstliches Edikt bei, worin, vor einem Zeitraum von zwölf Jahren, einer Viehseuche wegen, die Einführung der Pferde aus dem Brandenburgischen ins Sächsische, in der Tat verboten worden war: zum sonnenklaren Beleg nicht nur der Befugnis, sondern sogar der Verpflichtung des Junkers, die von dem Kohlhaas über die Grenze gebrachten Pferde anzuhalten. – Kohlhaas, der inzwischen von dem wackern Amtmann zu Kohlhaasenbrück seine Meierei, gegen eine geringe Vergütigung des dabei gehabten Schadens, käuflich wieder erlangt hatte, wünschte, wie es scheint wegen gerichtlicher Abmachung dieses Geschäfts, Dresden auf einige Tage zu verlassen, und in diese seine Heimat zu reisen; ein Entschluß, an welchem gleichwohl, wie wir nicht zweifeln, weniger das besagte Geschäft, so dringend es auch in der Tat, wegen Bestellung der Wintersaat, sein mochte, als die Absicht unter so sonderbaren und bedenklichen Umständen seine Lage zu prüfen, Anteil hatte: zu welchem vielleicht auch noch Gründe anderer Art mitwirkten, die wir jedem, der in seiner Brust Bescheid weiß, zu erraten überlassen wollen. Demnach verfügte er sich, mit Zurücklassung der Wache, die ihm zugeordnet war, zum Großkanzler, und eröffnete ihm, die Briefe des Amtmanns in der Hand: daß er willens sei, falls man seiner, wie es den Anschein habe, bei dem Gericht nicht notwendig bedürfe, die Stadt zu verlassen, und auf einen Zeitraum von acht oder zwölf Tagen, binnen welcher Zeit er wieder zurück zu sein versprach, nach dem Brandenburgischen zu reisen. Der Großkanzler, indem er mit einem mißvergnügten und bedenklichen Gesichte zur Erde sah, versetzte: er müsse gestehen, daß seine Anwesenheit grade jetzt notwendiger sei als jemals, indem das Gericht wegen arglistiger und winkelziehender Einwendungen der Gegenpart, seiner Aussagen und Erörterungen, in tausenderlei nicht vorherzusehenden Fällen, bedürfe; doch da Kohlhaas ihn auf seinen, von dem Rechtsfall wohl unterrichteten Advokaten verwies, und mit bescheidener Zudringlichkeit, indem er sich auf acht Tage einzuschränken versprach, auf seine Bitte beharrte, so sagte der Großkanzler nach einer Pause kurz, indem er ihn entließ: „er hoffe, daß er sich deshalb Pässe, bei dem Prinzen Christiern von Meißen, ausbitten würde." – – Kohlhaas, der sich auf das Gesicht des Großkanzlers gar wohl verstand, setzte sich, in seinem Entschluß nur bestärkt, auf der Stelle nieder, und bat, ohne irgend einen Grund anzugeben, den Prinzen von Meißen, als Chef des Guberniums, um Pässe auf acht Tage nach Kohlhaasenbrück, und zurück. Auf dieses Schreiben erhielt er eine, von dem Schloßhauptmann, Freiherrn Siegfried von Wenk, unterzeichnete Gubernial-Resolution, des Inhalts: „sein Gesuch um Pässe nach Kohlhaasenbrück werde des Kurfürsten Durchlaucht vorgelegt werden, auf dessen höchster Bewilligung, sobald sie eingingen ihm die Pässe zugeschickt werden würden." Auf die Erkundigung Kohlhaasens bei seinem Advokaten, wie es zuginge, daß die Gubernial-Resolution von einem Freiherrn Siegfried von Wenk, und nicht von dem Prinzen Christiern von Meißen, an den er sich gewendet, unterschrieben sei, erhielt er zur Antwort: daß der Prinz vor drei Tagen auf seine Güter gereist, und die Gubernialgeschäfte während seiner Abwesenheit dem Schloßhauptmann Freiherrn Siegfried von Wenk, einem Vetter des oben erwähnten Herren gleiches Namens, übergeben worden wären. – Kohlhaas, dem das Herz unter allen diesen Umständen unruhig zu klopfen anfing, harrte durch mehrere Tage auf die Entscheidung seiner, der Person des Landesherrn mit befremdender Weitläufigkeit vorgelegten Bitte; doch es verging eine Woche, und es verging mehr, ohne daß weder diese Entscheidung einlief, noch auch das Rechtserkenntnis, so bestimmt man es ihm auch verkündigt hatte, bei dem Tribunal gefällt ward: dergestalt, daß er am zwölften Tage, fest entschlossen, die Gesinnung der Regierung gegen ihn, sie möge sein, welche man wolle, zur Sprache zu bringen, sich niedersetzte, und das Gubernium von neuem in einer dringenden Vorstellung um die erforderten Pässe bat. Aber wie betreten war er, als er am Abend des folgenden, gleichfalls ohne die erwartete Antwort verstrichenen Tages, mit einem Schritt, den er gedankenvoll, in Erwägung seiner Lage, und besonders der ihm von dem Doktor Luther ausgewirkten Amnestie, an das Fenster seines Hinterstübchens tat, in dem kleinen, auf dem Hofe befindlichen Nebengebäude, das er ihr zum Aufenthalte angewiesen hatte, die Wache nicht erblickte, die ihm bei seiner Ankunft der Prinz von Meißen eingesetzt hatte. Thomas, der alte Hausmann, den er herbeirief und fragte: was dies zu bedeuten habe? antwortete ihm seufzend: Herr! es ist nicht alles wie es sein soll; die Landsknechte, deren heute mehr sind wie gewöhnlich, haben sich bei Einbruch der Nacht um das ganze Haus verteilt; zwei stehen, mit Schild und Spieß, an der vordern Tür auf der Straße; zwei an der hintern im Garten: und noch zwei andere liegen im Vorsaal auf ein Bund Stroh, und sagen, daß sie daselbst schlafen würden. Kohlhaas, der seine Farbe verlor, wandte sich und versetzte: „es wäre gleichviel, wenn sie nur da wären; und er möchte den Landsknechten, sobald er auf den Flur käme, Licht hinsetzen, damit sie sehen könnten.“ Nachdem er noch, unter dem Vorwande, ein Geschirr auszugießen, den vordern Fensterladen eröffnet, und sich von der Wahrheit des Umstands, den ihm der Alte entdeckt, überzeugt hatte: denn eben ward sogar in geräuschloser Ablösung die Wache erneuert, an welche Maßregel bisher, so lange die Einrichtung bestand, noch niemand gedacht hatte: so legte er sich, wenig schlaflustig allerdings, zu Bette, und sein Entschluß war für den kommenden Tag sogleich gefaßt. Denn nichts mißgönnte er der Regierung, mit der er zu tun hatte, mehr, als den Schein der Gerechtigkeit, während sie in der Tat die Amnestie, die sie ihm angelobt hatte, an ihm brach; und falls er wirklich ein Gefangener sein sollte, wie es keinem Zweifel mehr unterworfen war, wollte er derselben auch die bestimmte und unumwundene Erklärung, daß es so sei, abnötigen. Demnach ließ er, sobald der Morgen des nächsten Tages anbrach, durch Sternbald, seinen Knecht, den Wagen anspannen und vorführen, um wie er vorgab, zu dem Verwalter nach Lockewitz zu fahren, der ihn, als ein alter Bekannter, einige Tage zuvor in Dresden gesprochen und eingeladen hatte, ihn einmal mit seinen Kindern zu besuchen. Die Landsknechte, welche mit zusammengesteckten Köpfen, die dadurch veranlaßten Bewegungen im Hause wahrnahmen, schickten einen aus ihrer Mitte heimlich in die Stadt, worauf binnen wenigen Minuten ein Gubernial-Offiziant an der Spitze mehrerer Häscher erschien, und sich, als ob er daselbst ein Geschäft hätte, in das gegenüberliegende Haus begab. Kohlhaas der mit der Ankleidung seiner Knaben beschäftigt, diese Bewegungen gleichfalls bemerkte, und den Wagen absichtlich länger, als eben nötig gewesen wäre, vor dem Hause halten ließ, trat, sobald er die Anstalten der Polizei vollendet sah, mit seinen Kindern, ohne darauf Rücksicht zu nehmen, vor das Haus hinaus; und während er dem Troß der Landsknechte, die unter der Tür standen, im Vorübergehen sagte, daß sie nicht nötig hätten, ihm zu folgen, hob er die Jungen in den Wagen und küßte und tröstete die kleinen weinenden Mädchen, die, seiner Anordnung gemäß, bei der Tochter des alten Hausmanns zurückbleiben sollten. Kaum hatte er selbst den Wagen bestiegen, als der Gubernial-Offiziant mit seinem Gefolge von Häschern, aus dem gegenüberliegenden Hause, zu ihm herantrat, und ihn fragte: wohin er wolle? Auf die Antwort Kohlhaasens: „daß er zu seinem Freund, dem Amtmann nach Lockewitz fahren wolle, der ihn vor einigen Tagen mit seinen beiden Knaben zu sich aufs Land geladen“, antwortete der Gubernial-Offiziant: daß er in diesem Fall einige Augenblicke warten müsse, indem einige berittene Landsknechte, dem Befehl des Prinzen von Meißen gemäß, ihn begleiten würden. Kohlhaas fragte lächelnd von dem Wagen herab: „ob er glaube, daß seine Person in dem Hause eines Freundes, der sich erboten, ihn auf einen Tag an seiner Tafel zu bewirten, nicht sicher sei?“ Der Offiziant erwiderte auf eine heitere und angenehme Art: daß die Gefahr allerdings nicht groß sei; wobei er hinzusetzte: daß ihm die Knechte auch auf keine Weise zur Last fallen sollten. Kohlhaas versetzte ernsthaft: „daß ihm der Prinz von Meißen, bei seiner Ankunft in Dresden, freigestellt, ob er sich der Wache bedienen wolle oder nicht“; und da der Offiziant sich über diesen Umstand wunderte, und sich mit vorsichtigen Wendungen auf den Gebrauch, während der ganzen Zeit seiner Anwesenheit, berief: so erzählte der Roßhändler ihm den Vorfall, der die Einsetzung der Wache in seinem Hause veranlaßt hatte. Der Offiziant versicherte ihn, daß die Befehle des Schloßhauptmanns, Freiherrn von Wenk, der in diesem Augenblick Chef der Polizei sei, ihm die unausgesetzte Beschützung seiner Person zur Pflicht mache; und bat ihn, falls er sich die Begleitung nicht gefallen lassen wolle, selbst auf das Gubernium zu gehen, um den Irrtum, der dabei obwalten müsse, zu berichtigen. Kohlhaas, mit einem sprechenden Blick, den er auf den Offizianten warf, sagte, entschlossen die Sache zu beugen oder zu brechen: „daß er dies tun wolle“; stieg mit klopfendem Herzen von dem Wagen, ließ die Kinder durch den Hausmann in den Flur tragen, und verfügte sich, während der Knecht mit dem Fuhrwerk vor dem Hause halten blieb, mit dem Offizianten und seiner Wache in das Gubernium. Es traf sich, daß der Schloßhauptmann, Freiherr Wenk eben mit der Besichtigung einer Bande, am Abend zuvor eingebrachter Nagelschmidtscher Knechte, die man in der Gegend von Leipzig aufgefangen hatte, beschäftigt war, und die Kerle über manche Dinge, die man gern von ihnen gehört hätte, von den Rittern, die bei ihm waren, befragt wurden, als der Roßhändler mit seiner Begleitung zu ihm in den Saal trat. Der Freiherr, sobald er den Roßhändler erblickte, ging, während die Ritter plötzlich still wurden, und mit dem Verhör der Knechte einhielten, auf ihn zu, und fragte ihn: was er wolle? und da der Roßkamm ihm auf ehrerbietige Weise sein Vorhaben, bei dem Verwalter in Lockewitz zu Mittag zu speisen, und den Wunsch, die Landsknechte deren er dabei nicht bedürfe zurücklassen zu dürfen, vorgetragen hatte, antwortete der Freiherr, die Farbe im Gesicht wechselnd, indem er eine andere Rede zu verschlucken schien: „er würde wohl tun, wenn er sich still in seinem Hause hielte, und den Schmaus bei dem Lockewitzer Amtmann vor der Hand noch aussetzte.“ – Dabei wandte er sich, das ganze Gespräch zerschneidend, dem Offizianten zu, und sagte ihm: „daß es mit dem Befehl, den er ihm, in Bezug auf den Mann gegeben, sein Bewenden hätte, und daß derselbe anders nicht, als in Begleitung sechs berittener Landsknechte die Stadt verlassen dürfe.“ – Kohlhaas fragte: ob er ein Gefangener wäre, und ob er glauben solle, daß die ihm feierlich, vor den Augen der ganzen Welt angelobte Amnestie gebrochen sei? worauf der Freiherr sich plötzlich glutrot im Gesichte zu ihm wandte, und, indem er dicht vor ihn trat, und ihm in das Auge sah, antwortete: ja! ja! ja! – ihm den Rücken zukehrte, ihn stehen ließ, und wieder zu den Nagelschmidtschen Knechten ging. Hierauf verließ Kohlhaas den Saal, und ob er schon einsah, daß er sich das einzige Rettungsmittel, das ihm übrig blieb, die Flucht, durch die Schritte die er getan, sehr erschwert hatte, so lobte er sein Verfahren gleichwohl, weil er sich nunmehr auch seinerseits von der Verbindlichkeit den Artikeln der Amnestie nachzukommen, befreit sah. Er ließ, da er zu Hause kam, die Pferde ausspannen, und begab sich, in Begleitung des Gubernial-Offizianten, sehr traurig und erschüttert in sein Zimmer; und während dieser Mann auf eine dem Roßhändler Ekel erregende Weise, versicherte, daß alles nur auf einem Mißverständnis beruhen müsse, das sich in Kurzem lösen würde, verriegelten die Häscher, auf seinen Wink, alle Ausgänge der Wohnung die auf den Hof führten; wobei der Offiziant ihm versicherte, daß ihm der vordere Haupteingang nach wie vor, zu seinem beliebigen Gebrauch offen stehe.

Inzwischen war der Nagelschmidt in den Wäldern des Erzgebirgs, durch Häscher und Landsknechte von allen Seiten so gedrängt worden, daß er bei dem gänzlichen Mangel an Hülfsmitteln, eine Rolle der Art, wie er sie übernommen, durchzuführen, auf den Gedanken verfiel, den Kohlhaas in der Tat ins Interesse zu ziehen; und da er von der Lage seines Rechtsstreits in Dresden durch einen Reisenden, der die Straße zog, mit ziemlicher Genauigkeit unterrichtet war: so glaubte er, der offenbaren Feindschaft, die unter ihnen bestand, zum Trotz, den Roßhändler bewegen zu können, eine neue Verbindung mit ihm einzugehen. Demnach schickte er einen Knecht, mit einem, in kaum leserlichem Deutsch abgefaßten Schreiben an ihn ab, des Inhalts: „Wenn er nach dem Altenburgischen kommen, und die Anführung des Haufens, der sich daselbst, aus Resten des aufgelösten zusammengefunden, wieder übernehmen wolle, so sei er erbötig, ihm zur Flucht aus seiner Haft in Dresden mit Pferden, Leuten und Geld an die Hand zu gehen; wobei er ihm versprach, künftig gehorsamer und überhaupt ordentlicher und besser zu sein, als vorher, und sich zum Beweis seiner Treue und Anhänglichkeit anheischig machte, selbst in die Gegend von Dresden zu kommen, um seine Befreiung aus seinem Kerker zu bewirken.“ Nun hatte der, mit diesem Brief beauftragte Kerl das Unglück, in einem Dorf dicht vor Dresden, in Krämpfen häßlicher Art, denen er von Jugend auf unterworfen war, niederzusinken; bei welcher Gelegenheit der Brief, den er im Brustlatz trug, von Leuten, die ihm zu Hülfe kamen, gefunden, er selbst aber, sobald er sich erholt, arretiert, und durch eine Wache unter Begleitung vielen Volks, auf das Gubernium transportiert ward. Sobald der Schloßhauptmann von Wenk diesen Brief gelesen hatte, verfügte er sich unverzüglich zum Kurfürsten aufs Schloß, wo er die Herren Kunz und Hinz, welcher ersterer von seinen Wunden wieder hergestellt war, und den Präsidenten der Staatskanzelei, Grafen Kallheim, gegenwärtig fand. Die Herren waren der Meinung, daß der Kohlhaas ohne weiteres arretiert, und ihm, auf den Grund geheimer Einverständnisse mit dem Nagelschmidt, der Prozeß gemacht werden müsse; indem sie bewiesen, daß ein solcher Brief nicht, ohne daß frühere auch von Seiten des Roßhändlers vorangegangen, und ohne daß überhaupt eine frevelhafte und verbrecherische Verbindung, zu Schmiedung neuer Greuel, unter ihnen statt finden sollte, geschrieben sein könne. Der Kurfürst weigerte sich standhaft, auf den Grund bloß dieses Briefes, dem Kohlhaas das freie Geleit, das er ihm angelobt, zu brechen; er war vielmehr der Meinung, daß eine Art von Wahrscheinlichkeit aus dem Briefe des Nagelschmidt hervorgehe, daß keine frühere Verbindung zwischen ihnen statt gefunden habe; und alles, wozu er sich, um hierüber aufs Reine zu kommen, auf den Vorschlag des Präsidenten, obschon nach großer Zögerung entschloß, war, den Brief durch den von dem Nagelschmidt abgeschickten Knecht, gleichsam als ob derselbe nach wie vor frei sei, an ihn abgeben zu lassen, und zu prüfen, ob er ihn beantworten würde. Dem gemäß ward der Knecht, den man in ein Gefängnis gesteckt hatte, am andern Morgen auf das Gubernium geführt, wo der Schloßhauptmann ihm den Brief wieder zustellte, und ihn unter dem Versprechen, daß er frei sein, und die Strafe die er verwirkt, ihm erlassen sein solle, aufforderte, das Schreiben, als sei nichts vorgefallen, dem Roßhändler zu übergeben; zu welcher List schlechter Art sich dieser Kerl auch ohne weiteres gebrauchen ließ, und auf scheinbar geheimnisvolle Weise, unter dem Vorwand, daß er Krebse zu verkaufen habe, womit ihn der Gubernial-Offiziant, auf dem Markte, versorgt hatte, zu Kohlhaas ins Zimmer trat. Kohlhaas, der den Brief, während die Kinder mit den Krebsen spielten, las, würde den Gauner gewiß unter andern Umständen beim Kragen genommen, und den Landsknechten, die vor seiner Tür standen, überliefert haben; doch da bei der Stimmung der Gemüter auch selbst dieser Schritt noch einer gleichgültigen Auslegung fähig war, und er sich vollkommen überzeugt hatte, daß nichts auf der Welt ihn aus dem Handel, in dem er verwickelt war, retten konnte: so sah er dem Kerl, mit einem traurigen Blick, in sein ihm wohlbekanntes Gesicht, fragte ihn, wo er wohnte, und beschied ihn, in einigen Stunden, wieder zu sich, wo er ihm, in Bezug auf seinen Herrn, seinen Beschluß eröffnen wolle. Er hieß dem Sternbald, der zufällig in die Tür trat, dem Mann, der im Zimmer war, etliche Krebse abkaufen; und nachdem dies Geschäft abgemacht war, und beide sich ohne einander zu kennen, entfernt hatten, setzte er sich nieder und schrieb einen Brief folgenden Inhalts an den Nagelschmidt: „Zuvörderst daß er seinen Vorschlag, die Oberanführung seines Haufens im Altenburgischen betreffend, annähme; daß er dem gemäß, zur Befreiung aus der vorläufigen Haft, in welcher er mit seinen fünf Kindern gehalten werde, ihm einen Wagen mit zwei Pferden nach der Neustadt bei Dresden schicken solle; daß er auch, rascheren Fortkommens wegen, noch eines Gespannes von zwei Pferden auf der Straße nach Wittenberg bedürfe, auf welchem Umweg er allein, aus Gründen, die anzugeben zu weitläufig wären, zu ihm kommen könne; daß er die Landsknechte, die ihn bewachten, zwar durch Bestechung gewinnen zu können glaube, für den Fall aber daß Gewalt nötig sei, ein paar beherzte, gescheute und wohlbewaffnete Knechte, in der Neustadt bei Dresden gegenwärtig wissen wolle; daß er ihm zur Bestreitung der mit allen diesen Anstalten verbundenen Kosten, eine Rolle von zwanzig Goldkronen durch den Knecht zuschicke, über deren Verwendung er sich, nach abgemachter Sache, mit ihm berechnen wolle; daß er sich übrigens, weil sie unnötig sei, seine eigne Anwesenheit bei seiner Befreiung in Dresden verbitte, ja ihm vielmehr den bestimmten Befehl erteile, zur einstweiligen Anführung der Bande, die nicht ohne Oberhaupt sein könne, im Altenburgischen zurückzubleiben.“ – Diesen Brief, als der Knecht gegen Abend kam, überlieferte er ihm; beschenkte ihn selbst reichlich, und schärfte ihm ein, denselben wohl in acht zu nehmen. – Seine Absicht war mit seinen fünf Kindern nach Hamburg zu gehen, und sich von dort nach der Levante oder nach Ostindien, oder so weit der Himmel über andere Menschen, als die er kannte, blau war, einzuschiffen: denn die Dickfütterung der Rappen hatte seine, von Gram sehr gebeugte Seele auch unabhängig von dem Widerwillen, mit dem Nagelschmidt deshalb gemeinschaftliche Sache zu machen, aufgegeben. – Kaum hatte der Kerl diese Antwort dem Schloßhauptmann überbracht, als der Großkanzler abgesetzt, der Präsident, Graf Kallheim, an dessen Stelle, zum Chef des Tribunals ernannt, und Kohlhaas, durch einen Kabinettsbefehl des Kurfürsten arretiert, und schwer mit Ketten beladen in die Stadttürme gebracht ward. Man machte ihm auf den Grund dieses Briefes, der an alle Ecken der Stadt angeschlagen ward, den Prozeß; und da er vor den Schranken des Tribunals auf die

Frage, ob er die Handschrift anerkenne, dem Rat, der sie ihm vorhielt, antwortete: „ja!“ zur Antwort aber auf die Frage, ob er zu seiner Verteidigung etwas vorzubringen wisse, indem er den Blick zur Erde schlug, erwiderte, „nein!“ so ward er verurteilt, mit glühenden Zangen von Schinderknechten gekniffen, gevierteilt, und sein Körper, zwischen Rad und Galgen, verbrannt zu werden.

So standen die Sachen für den armen Kohlhaas in Dresden, als der Kurfürst von Brandenburg zu seiner Rettung aus den Händen der Übermacht und Willkür auftrat, und ihn, in einer bei der kurfürstlichen Staatskanzlei daselbst eingereichten Note, als brandenburgischen Untertan reklamierte. Denn der wackere Stadthauptmann, Herr Heinrich von Geusau, hatte ihn, auf einem Spaziergange an den Ufern der Spree, von der Geschichte dieses sonderbaren und nicht verwerflichen Mannes unterrichtet, bei welcher Gelegenheit er von den Fragen des erstaunten Herrn gedrängt, nicht umhin konnte, der Schuld zu erwähnen, die durch die Unziemlichkeiten seines Erzkanzlers, des Grafen Siegfried von Kallheim, seine eigene Person drückte: worüber der Kurfürst schwer entrüstet, den Erzkanzler, nachdem er ihn zur Rede gestellt und befunden, daß die Verwandtschaft desselben mit dem Hause derer von Tronka an allem schuld sei, ohne weiteres, mit mehreren Zeichen seiner Ungnade entsetzte, und den Herrn Heinrich von Geusau zum Erzkanzler ernannte.

Es traf sich aber, daß die Krone Polen grade damals, indem sie mit dem Hause Sachsen, um welchen Gegenstandes willen wissen wir nicht, im Streit lag, den Kurfürsten von Brandenburg, in wiederholten und dringenden Vorstellungen anging, sich mit ihr in gemeinschaftlicher Sache gegen das Haus Sachsen zu verbinden; dergestalt, daß der Erzkanzler, Herr Geusau, der in solchen Dingen nicht ungeschickt war, wohl hoffen durfte, den Wunsch seines

Herrn, dem Kohlhaas, es koste was es wolle, Gerechtigkeit zu verschaffen, zu erfüllen, ohne die Ruhe des Ganzen auf eine mißlichere Art, als die Rücksicht auf einen einzelnen erlaubt, aufs Spiel zu setzen. Demnach forderte der Erzkanzler nicht nur wegen gänzlich willkürlichen, Gott und Menschen mißgefälligen Verfahrens, die unbedingte und ungesäumte Auslieferung des Kohlhaas, um denselben, falls ihn eine Schuld drücke, nach brandenburgischen Gesetzen, auf Klageartikel, die der Dresdner Hof deshalb durch einen Anwalt in Berlin anhängig machen könne, zu richten; sondern er begehrte sogar selbst Pässe für einen Anwalt, den der Kurfürst nach Dresden zu schicken willens sei, um dem Kohlhaas, wegen der ihm auf sächsischem Grund und Boden abgenommenen Rappen und anderer himmelschreienden Mißhandlungen und Gewalttaten halber, gegen den Junker Wenzel von Tronka, Recht zu verschaffen. Der Kämmerer, Herr Kunz, der bei der Veränderung der Staatsämter in Sachsen zum Präsidenten der Staatskanzlei ernannt worden war, und der aus mancherlei Gründen den Berliner Hof, in der Bedrängnis in der er sich befand, nicht verletzen wollte, antwortete im Namen seines über die eingegangene Note sehr niedergeschlagenen Herrn: „daß man sich über die Unfreundschaftlichkeit und Unbilligkeit wundere, mit welcher man dem Hofe zu Dresden das Recht abspreche, den Kohlhaas wegen Verbrechen, die er im Lande begangen, den Gesetzen gemäß zu richten, da doch weltbekannt sei, daß derselbe ein beträchtliches Grundstück in der Hauptstadt besitze, und sich selbst in der Qualität als sächsischen Bürger gar nicht verleugne.“ Doch da die Krone Polen bereits zur Ausfechtung ihrer Ansprüche einen Heerhaufen von fünftausend Mann an der Grenze von Sachsen zusammenzog, und der Erzkanzler, Herr Heinrich von Geusau, erklärte: „daß Kohlhaasenbrück, der Ort, nach welchem der Roßhändler heiße, im Brandenburgischen liege, und daß man die

Vollstreckung des über ihn ausgesprochenen Todesurteils für eine Verletzung des Völkerrechts halten würde“: so rief der Kurfürst, auf den Rat des Kämmerers, Herrn Kunz selbst, der sich aus diesem Handel zurückzuziehen wünschte, den Prinzen Christiern von Meißen von seinen Gütern herbei, und entschloß sich, auf wenige Worte dieses verständigen Herrn, den Kohlhaas, der Forderung gemäß, an den Berliner Hof auszuliefern. Der Prinz, der obschon mit den Unziemlichkeiten die vorgefallen waren, wenig zufrieden, die Leitung der Kohlhaasischen Sache auf den Wunsch seines bedrängten Herrn, übernehmen mußte, fragte ihn, auf welchen Grund er nunmehr den Roßhändler bei dem Kammergericht zu Berlin verklagt wissen wolle; und da man sich auf den leidigen Brief desselben an den Nagelschmidt, wegen der zweideutigen und unklaren Umstände, unter welchen er geschrieben war, nicht berufen konnte, der früheren Plünderungen und Einäscherungen aber, wegen des Plakats, worin sie ihm vergeben worden waren, nicht erwähnen durfte: so beschloß der Kurfürst, der Majestät des Kaisers zu Wien einen Bericht über den bewaffneten Einfall des Kohlhaas in Sachsen vorzulegen, sich über den Bruch des von ihm eingesetzten öffentlichen Landfriedens zu beschweren, und sie, die allerdings durch keine Amnestie gebunden war, anzuliegen, den Kohlhaas bei dem Hofgericht zu Berlin deshalb durch einen Reichsankläger zur Rechenschaft zu ziehen. Acht Tage darauf ward der Roßkamm durch den Ritter Friedrich von Malzahn, den der Kurfürst von Brandenburg mit sechs Reutern nach Dresden geschickt hatte, geschlossen wie er war, auf einen Wagen geladen, und mit seinen fünf Kindern, die man auf seine Bitte aus Findel- und Waisenhäusern wieder zusammengesucht hatte, nach Berlin transportiert. Es traf sich daß der Kurfürst von Sachsen auf die Einladung des Landdrosts, Grafen Aloysius von Kallheim, der damals an der Grenze von Sachsen beträchtliche Besitzungen hatte, in Gesellschaft des Kämmerers, Herrn Kunz, und seiner Gemahlin, der Dame Heloise, Tochter des Landdrosts und Schwester des Präsidenten, andrer glänzenden Herren und Damen, Jagdjunker und Hofherren, die dabei waren, nicht zu erwähnen, zu einem großen Hirschjagen, das man, um ihn zu erheitern, angestellt hatte, nach Dahme gereist war; dergestalt, daß unter dem Dach bewimpelter Zelte, die quer über die Straße auf einem Hügel erbaut waren, die ganze Gesellschaft vom Staub der Jagd noch bedeckt unter dem Schall einer heitern vom Stamm einer Eiche herschallenden Musik, von Pagen bedient und Edelknaben, an der Tafel saß, als der Roßhändler langsam mit seiner Reuterbedeckung die Straße von Dresden daher gezogen kam. Denn die Erkrankung eines der kleinen, zarten Kinder des Kohlhaas, hatte den Ritter von Malzahn, der ihn begleitete, genötigt, drei Tage lang in Herzberg zurückzubleiben; von welcher Maßregel er, dem Fürsten dem er diente deshalb allein verantwortlich, nicht nötig befunden hatte, der Regierung zu Dresden weitere Kenntnis zu geben. Der Kurfürst, der mit halboffener Brust, den Federhut, nach Art der Jäger, mit Tannenzweigen geschmückt, neben der Dame Heloise saß, die, in Zeiten früherer Jugend, seine erste Liebe gewesen war, sagte von der Anmut des Festes, das ihn umgaukelte, heiter gestimmt: „Lasset uns hingehen, und dem Unglücklichen, wer es auch sei, diesen Becher mit Wein reichen!“ Die Dame Heloise, mit einem herzlichen Blick auf ihn, stand sogleich auf, und füllte, die ganze Tafel plündernd, ein silbernes Geschirr, das ihr ein Page reichte, mit Früchten, Kuchen und Brot an; und schon hatte, mit Erquickungen jeglicher Art, die ganze Gesellschaft wimmelnd das Zelt verlassen, als der Landdrost ihnen mit einem verlegenen Gesicht entgegen kam, und sie bat zurückzubleiben. Auf die betretene Frage des Kurfürsten was vorgefallen wäre, daß er so bestürzt sei? antwortete der Landdrost stotternd gegen den Kämmerer gewandt, daß der Kohlhaas im

Wagen sei; auf welche jedermann unbegreifliche Nachricht, indem weltbekannt war, daß derselbe bereits vor sechs Tagen abgereist war, der Kämmerer, Herr Kunz, seinen Becher mit Wein nahm, und ihn, mit einer Rückwendung gegen das Zelt, in den Sand schüttete. Der Kurfürst setzte, über und über rot, den seinigen auf einen Teller, den ihm ein Edelknabe auf den Wink des Kämmerers zu diesem Zweck vorhielt; und während der Ritter Friedrich von Malzahn, unter ehrfurchtsvoller Begrüßung der Gesellschaft, die er nicht kannte, langsam durch die Zeltleinen, die über die Straße liefen, nach Dahme weiter zog, begaben sich die Herrschaften, auf die Einladung des Landdrosts, ohne weiter davon Notiz zu nehmen, ins Zelt zurück. Der Landdrost, sobald sich der Kurfürst niedergelassen hatte, schickte unter der Hand nach Dahme, um bei dem Magistrat daselbst die unmittelbare Weiterschaffung des Roßhändlers bewirken zu lassen; doch da der Ritter, wegen bereits zu weit vorgerückter Tageszeit, bestimmt in dem Ort übernachten zu wollen erklärte, so mußte man sich begnügen, ihn in einer dem Magistrat zugehörigen Meierei, die, in Gebüschen versteckt, auf der Seite lag, geräuschlos unterzubringen.

Nun begab es sich, daß gegen Abend, da die Herrschaften vom Wein und dem Genuß eines üppigen Nachtisches zerstreut, den ganzen Vorfall wieder vergessen hatten, der Landdrost den Gedanken auf die Bahn brachte, sich noch einmal, eines Rudels Hirsche wegen, der sich hatte blicken lassen, auf den Anstand zu stellen; welchen Vorschlag die ganze Gesellschaft mit Freuden ergriff, und paarweise nachdem sie sich mit Büchsen versorgt, über Gräben und Hecken in die nahe Forst eilte: dergestalt, daß der Kurfürst und die Dame Heloise, die sich, um dem Schauspiel beizuwohnen, an seinen Arm hing, von einem Boten, den man ihnen zugeordnet hatte, unmittelbar, zu ihrem Erstaunen, durch den Hof des Hauses geführt wurden, in welchem Kohlhaas mit den brandenburgischen Reutern befindlich war. Die Dame als sie dies hörte, sagte: „kommt, gnädigster Herr, kommt!“ und versteckte die Kette, die ihm vom Halse herabhing, schäkernd in seinen seidenen Brustlatz: „laßt uns ehe der Troß nachkommt in die Meierei schleichen, und den wunderlichen Mann, der darin übernachtet, betrachten!“ Der Kurfürst, indem er errötend ihre Hand ergriff, sagte: Heloise! was fällt Euch ein? Doch da sie, indem sie ihn betreten ansah, versetzte: „daß ihn ja in der Jägertracht, die ihn decke, kein Mensch erkenne!“ und ihn fortzog; und in eben diesem Augenblick ein paar Jagdjunker, die ihre Neugierde schon befriedigt hatten, aus dem Hause heraustreten, versichernd, daß in der Tat, vermöge einer Veranstaltung, die der Landdrost getroffen, weder der Ritter noch der Roßhändler wisse, welche Gesellschaft in der Gegend von Dahme versammelt sei; so drückte der Kurfürst sich den Hut lächelnd in die Augen, und sagte: „Torheit, du regierst die Welt, und dein Sitz ist ein schöner weiblicher Mund!“ – Es traf sich daß Kohlhaas eben mit dem Rücken gegen die Wand auf einem Bund Stroh saß, und sein, ihm in Herzberg erkranktes Kind mit Semmel und Milch fütterte, als die Herrschaften, um ihn zu besuchen, in die Meierei traten; und da die Dame ihn, um ein Gespräch einzuleiten, fragte: wer er sei? und was dem Kinde fehle? auch was er verbrochen und wohin man ihn unter solcher Bedeckung abführe? so rückte er seine lederne Mütze vor ihr, und gab ihr auf alle diese Fragen, indem er sein Geschäft fortsetzte, unreichliche aber befriedigende Antwort. Der Kurfürst, der hinter den Jagdjunkern stand, und eine kleine bleierne Kapsel, die ihm an einem seidenen Faden vom Halse herabhing, bemerkte, fragte ihn, da sich grade nichts Besseres zur Unterhaltung darbot: was diese zu bedeuten hätte und was darin befindlich wäre? Kohlhaas erwiderte: „ja, gestrenger Herr, diese Kapsel!“ – und damit streifte er sie vom Nacken ab, öffnete sie und nahm einen kleinen mit Mundlack versiegelten Zettel heraus – „mit dieser Kugel hat es eine wunderliche Bewandtnis! Sieben Monden mögen es etwa sein, genau am Tage nach dem Begräbnis meiner Frau; und von Kohlhaasenbrück, wie Euch vielleicht bekannt sein wird, war ich aufgebrochen, um des Junkers von Tronka, der mir viel Unrecht zugefügt, habhaft zu werden, als um einer Verhandlung willen, die mir unbekannt ist, der Kurfürst von Sachsen und der Kurfürst von Brandenburg in Jüterbock, einem Marktflecken, durch den der Streifzug mich führte, eine Zusammenkunft hielten; und da sie sich gegen Abend ihren Wünschen gemäß vereinigt hatten, so gingen sie, in freundschaftlichem Gespräch, durch die Straßen der Stadt, um den Jahrmarkt, der eben darin fröhlich abgehalten ward, in Augenschein zu nehmen. Da trafen sie auf eine Zigeunerin, die, auf einem Schemel sitzend, dem Volk, das sie umringte, aus dem Kalender wahrsagte, und fragten sie scherzhafter Weise: ob sie ihnen nicht auch etwas, das ihnen lieb wäre, zu eröffnen hätte? Ich, der mit meinem Haufen eben in einem Wirtshause abgestiegen, und auf dem Platz, wo dieser Vorfall sich zutrug, gegenwärtig war, konnte hinter allem Volk, am Eingang einer Kirche, wo ich stand, nicht vernehmen, was die wunderliche Frau den Herren sagte; dergestalt, daß, da die Leute lachend einander zuflüsterten, sie teile nicht jedermann ihre Wissenschaft mit, und sich des Schauspiels wegen das sich bereitete, sehr bedrängten, ich, weniger neugierig, in der Tat, als um den Neugierigen Platz zu machen, auf eine Bank stieg, die hinter mir im Kircheneingange ausgehauen war. Kaum hatte ich von diesem Standpunkt aus, mit völliger Freiheit der Aussicht, die Herrschaften und das Weib, das auf dem Schemel vor ihnen saß und etwas aufzukritzeln schien, erblickt: da steht sie plötzlich auf ihre Krücken gelehnt, indem sie sich im Volk umsieht, auf; faßt mich, der nie ein Wort mit ihr wechselte, noch ihrer Wissenschaft Zeit seines Lebens begehrte, ins Auge; drängt sich durch den ganzen dichten Auflauf der Menschen zu mir heran und spricht: ›da! wenn es der Herr wissen will, so mag er dich danach fragen!‹ Und damit, gestrenger Herr, reichte sie mir mit ihren dürren knöchernen Händen diesen Zettel dar. Und da ich betreten, während sich alles Volk zu mir umwendet, spreche: Mütterchen, was auch verehrst du mir da? antwortete sie, nach vielem unvernehmlichen Zeug, worunter ich jedoch zu meinem großen Befremden meinen Namen höre: ›ein Amulett, Kohlhaas, der Roßhändler; verwahr es wohl, es wird dir dereinst das Leben retten!‹ und verschwindet. – Nun!" fuhr Kohlhaas gutmütig fort: „die Wahrheit zu gestehen, hats mir in Dresden, so scharf es herging, das Leben nicht gekostet; und wie es mir in Berlin gehen wird, und ob ich auch dort damit bestehen werde, soll die Zukunft lehren." – Bei diesen Worten setzte sich der Kurfürst auf eine Bank; und ob er schon auf die betretne Frage der Dame: was ihm fehle? antwortete: nichts, gar nichts! so fiel er doch schon ohnmächtig auf den Boden nieder, ehe sie noch Zeit hatte ihm beizuspringen, und in ihre Arme aufzunehmen. Der Ritter von Malzahn, der in eben diesem Augenblick, eines Geschäfts halber, ins Zimmer trat, sprach: heiliger Gott! was fehlt dem Herrn? Die Dame rief: schafft Wasser her! Die Jagdjunker hoben ihn auf und trugen ihn auf ein im Nebenzimmer befindliches Bett; und die Bestürzung erreichte ihren Gipfel, als der Kämmerer, den ein Page herbeirief, nach mehreren vergeblichen Bemühungen, ihn ins Leben zurückzubringen, erklärte: er gebe alle Zeichen von sich, als ob ihn der Schlag gerührt! Der Landdrost, während der Mundschenk einen reitenden Boten nach Luckau schickte, um einen Arzt herbeizuholen, ließ ihn, da er die Augen aufschlug, in einen Wagen bringen, und Schritt vor Schritt nach seinem in der Gegend befindlichen Jagdschloß abführen; aber diese Reise zog ihm, nach seiner Ankunft daselbst, zwei neue Ohnmachten zu: dergestalt, daß er sich erst spät am andern Morgen, bei der Ankunft des Arztes aus Luckau, unter gleichwohl entscheidenden Symptomen eines herannahenden Nervenfiebers, einigermaßen erholte. Sobald er seiner Sinne mächtig geworden war, richtete er sich halb im Bette auf, und seine erste Frage war gleich: wo der Kohlhaas sei? Der Kämmerer, der seine Frage mißverstand, sagte, indem er seine Hand ergriff: daß er sich dieses entsetzlichen Menschen wegen beruhigen möchte, indem derselbe, seiner Bestimmung gemäß, nach jenem sonderbaren und unbegreiflichen Vorfall, in der Meierei zu Dahme, unter brandenburgischer Bedeckung, zurückgeblieben wäre. Er fragte ihn, unter der Versicherung seiner lebhaftesten Teilnahme und der Beteurung, daß er seiner Frau, wegen des unverantwortlichen Leichtsinns, ihn mit diesem Mann zusammenzubringen, die bittersten Vorwürfe gemacht hätte: was ihn denn so wunderbar und ungeheuer in der Unterredung mit demselben ergriffen hätte? Der Kurfürst sagte: er müsse ihm nur gestehen, daß der Anblick eines nichtigen Zettels, den der Mann in einer bleiernen Kapsel mit sich führe, schuld an dem ganzen unangenehmen Zufall sei, der ihm zugestoßen. Er setzte noch mancherlei zur Erklärung dieses Umstands, das der Kämmerer nicht verstand, hinzu; versicherte ihn plötzlich, indem er seine Hand zwischen die seinigen drückte, daß ihm der Besitz dieses Zettels von der äußersten Wichtigkeit sei; und bat ihn, unverzüglich aufzusitzen, nach Dahme zu reiten, und ihm den Zettel, um welchen Preis es immer sei, von demselben zu erhandeln. Der Kämmerer, der Mühe hatte, seine Verlegenheit zu verbergen, versicherte ihn: daß, falls dieser Zettel einigen Wert für ihn hätte, nichts auf der Welt notwendiger wäre, als dem Kohlhaas diesen Umstand zu verschweigen; indem, sobald derselbe durch eine unvorsichtige Äußerung Kenntnis davon nähme, alle Reichtümer, die er besäße, nicht hinreichen würden, ihn aus den Händen dieses grimmigen, in seiner Rachsucht unersättlichen Kerls zu erkaufen. Er fügte, um ihn zu beruhigen, hinzu, daß man auf ein anderes Mittel denken müsse, und daß es vielleicht durch List, vermöge eines Dritten ganz Unbefangenen, indem der Bösewicht wahrscheinlich, an und für sich, nicht sehr daran hänge, möglich sein würde, sich den Besitz des Zettels, an dem ihm so viel gelegen sei, zu verschaffen. Der Kurfürst, indem er sich den Schweiß abtrocknete, fragte: ob man nicht unmittelbar zu diesem Zweck nach Dahme schicken, und den weiteren Transport des Roßhändlers, vorläufig, bis man des Blattes, auf welche Weise es sei, habhaft geworden, einstellen könne? Der Kämmerer, der seinen Sinnen nicht traute, versetzte: daß leider allen wahrscheinlichen Berechnungen zufolge, der Roßhändler Dahme bereits verlassen haben, und sich jenseits der Grenze, auf brandenburgischem Grund und Boden befinden müsse, wo das Unternehmen, die Fortschaffung desselben zu hemmen, oder wohl gar rückgängig zu machen, die unangenehmsten und weitläufigsten, ja solche Schwierigkeiten, die vielleicht gar nicht zu beseitigen wären, veranlassen würde. Er fragte ihn, da der Kurfürst sich schweigend, mit der Gebärde eines ganz Hoffnungslosen, auf das Kissen zurücklegte: was denn der Zettel enthalte? und durch welchen Zufall befremdlicher und unerklärlicher Art ihm, daß der Inhalt ihn betreffe, bekannt sei? Hierauf aber, unter zweideutigen Blicken auf den Kämmerer, dessen Willfährigkeit er in diesem Falle mißtraute, antwortete der Kurfürst nicht: starr, mit unruhig klopfendem Herzen lag er da, und sah auf die Spitze des Schnupftuches nieder, das er gedankenvoll zwischen den Händen hielt; und bat ihn plötzlich, den Jagdjunker vom Stein, einen jungen, rüstigen und gewandten Herrn, dessen er sich öfter schon zu geheimen Geschäften bedient hatte, unter dem Vorwand, daß er ein anderweitiges Geschäft mit ihm abzumachen habe, ins Zimmer zu rufen. Den Jagdjunker, nachdem er ihm die Sache auseinandergelegt, und von der Wichtigkeit des Zettels, in dessen

Besitz der Kohlhaas war, unterrichtet hatte, fragte er, ob er sich ein ewiges Recht auf seine Freundschaft erwerben, und ihm den Zettel, noch ehe derselbe Berlin erreicht, verschaffen wolle? und da der Junker, sobald er das Verhältnis nur, sonderbar wie es war, einigermaßen überschaute, versicherte, daß er ihm mit allen seinen Kräften zu Diensten stehe: so trug ihm der Kurfürst auf, dem Kohlhaas nachzureiten, und ihm, da demselben mit Geld wahrscheinlich nicht beizukommen sei, in einer mit Klugheit angeordneten Unterredung, Freiheit und Leben dafür anzubieten, ja ihm, wenn er darauf bestehe, unmittelbar, obschon mit Vorsicht, zur Flucht aus den Händen der brandenburgischen Reuter, die ihn transportierten, mit Pferden, Leuten und Geld an die Hand zu gehen. Der Jagdjunker, nachdem er sich ein Blatt von der Hand des Kurfürsten zur Beglaubigung ausgebeten, brach auch sogleich mit einigen Knechten auf, und hatte, da er den Odem der Pferde nicht sparte, das Glück, den Kohlhaas auf einem Grenzdorf zu treffen, wo derselbe mit dem Ritter von Malzahn und seinen fünf Kindern ein Mittagsmahl, das im Freien vor der Tür eines Hauses angerichtet war, zu sich nahm. Der Ritter von Malzahn, dem der Junker sich als einen Fremden, der bei seiner Durchreise den seltsamen Mann, den er mit sich führe, in Augenschein zu nehmen wünsche, vorstellte, nötigte ihn sogleich auf zuvorkommende Art, indem er ihn mit dem Kohlhaas bekannt machte, an der Tafel nieder; und da der Ritter in Geschäften der Abreise ab und zuging, die Reuter aber an einem, auf des Hauses anderer Seite befindlichen Tisch, ihre Mahlzeit hielten: so traf sich die Gelegenheit bald, wo der Junker dem Roßhändler eröffnen konnte, wer er sei, und in welchen besonderen Aufträgen er zu ihm komme. Der Roßhändler, der bereits Rang und Namen dessen, der beim Anblick der in Rede stehenden Kapsel, in der Meierei zu Dahme in Ohnmacht gefallen war, kannte, und der zur Krönung des Taumels, in welchen ihn diese Entdeckung versetzt hatte, nichts bedurfte, als Einsicht in die Geheimnisse des Zettels, den er, um mancherlei Gründe willen, entschlossen war, aus bloßer Neugierde nicht zu eröffnen: der Roßhändler sagte, eingedenk der unedelmütigen und unfürstlichen Behandlung, die er in Dresden, bei seiner gänzlichen Bereitwilligkeit, alle nur möglichen Opfer zu bringen, hatte erfahren müssen: „daß er den Zettel behalten wolle." Auf die Frage des Jagdjunkers: was ihn zu dieser sonderbaren Weigerung, da man ihm doch nichts Minderes, als Freiheit und Leben dafür anbiete, veranlasse? antwortete Kohlhaas: „Edler Herr! Wenn Euer Landesherr käme, und spräche, ich will mich, mit dem ganzen Troß derer, die mir das Szepter führen helfen, vernichten – vernichten, versteht Ihr, welches allerdings der größeste Wunsch ist, den meine Seele hegt: so würde ich ihm doch den Zettel noch, der ihm mehr wert ist, als das Dasein, verweigern und sprechen: du kannst mich auf das Schafott bringen, ich aber kann dir weh tun, und ich wills!" Und damit, im Antlitz den Tod, rief er einen Reuter herbei, unter der Aufforderung, ein gutes Stück Essen, das in der Schüssel übrig geblieben war, zu sich zu nehmen; und für den ganzen Rest der Stunde, die er im Flecken zubrachte, für den Junker, der an der Tafel saß, wie nicht vorhanden, wandte er sich erst wieder, als er den Wagen bestieg, mit einem Blick, der ihn abschiedlich grüßte, zu ihm zurück. Der Zustand des Kurfürsten, als er diese Nachricht bekam, verschlimmerte sich in dem Grade, daß der Arzt, während drei verhängnisvoller Tage, seines Lebens wegen, das zu gleicher Zeit, von so vielen Seiten angegriffen ward, in der größesten Besorgnis war. Gleichwohl stellte er sich, durch die Kraft seiner natürlichen Gesundheit, nach dem Krankenlager einiger peinlich zugebrachten Wochen wieder her; dergestalt wenigstens, daß man ihn in einen Wagen bringen, und mit Kissen und Decken wohl versehen, nach Dresden zu seinen Regierungsgeschäften wieder zurückführen konnte. Sobald er in dieser Stadt angekommen war, ließ er den Prinzen Christiern von Meißen rufen, und fragte denselben: wie es mit der Abfertigung des Gerichtsrats Eibenmayer stünde, den man, als Anwalt in der Sache des Kohlhaas, nach Wien zu schicken gesonnen gewesen wäre, um kaiserlicher Majestät daselbst die Beschwerde wegen gebrochenen, kaiserlichen Landfriedens, vorzulegen? Der Prinz antwortete ihm: daß derselbe, dem, bei seiner Abreise nach Dahme hinterlassenen Befehl gemäß, gleich nach Ankunft des Rechtsgelehrten Zäuner, den der Kurfürst von Brandenburg als Anwalt nach Dresden geschickt hätte, um die Klage desselben, gegen den Junker Wenzel von Tronka, der Rappen wegen, vor Gericht zu bringen, nach Wien abgegangen wäre. Der Kurfürst, indem er errötend an seinen Arbeitstisch trat, wunderte sich über diese Eilfertigkeit, indem er seines Wissens erklärt hätte, die definitive Abreise des Eibenmayer, wegen vorher notwendiger Rücksprache mit dem Doktor Luther, der dem Kohlhaas die Amnestie ausgewirkt, einem näheren und bestimmteren Befehl vorbehalten zu wollen. Dabei warf er einige Briefschaften und Akten, die auf dem Tisch lagen, mit dem Ausdruck zurückgehaltenen Unwillens, über einander. Der Prinz, nach einer Pause, in welcher er ihn mit großen Augen ansah, versetzte, daß es ihm leid täte, wenn er seine Zufriedenheit in dieser Sache verfehlt habe; inzwischen könne er ihm den Beschluß des Staatsrats vorzeigen, worin ihm die Abschickung des Rechtsanwalts, zu dem besagten Zeitpunkt, zur Pflicht gemacht worden wäre. Er setzte hinzu, daß im Staatsrat von einer Rücksprache mit dem Doktor Luther, auf keine Weise die Rede gewesen wäre; daß es früherhin vielleicht zweckmäßig gewesen sein möchte, diesen geistlichen Herrn, wegen der Verwendung, die er dem Kohlhaas angedeihen lassen, zu berücksichtigen, nicht aber jetzt mehr, nachdem man demselben die Amnestie vor den Augen der ganzen Welt gebrochen, ihn arretiert, und zur Verurteilung und Hinrichtung an die brandenburgischen Gerichte ausgeliefert hätte. Der Kurfürst sagte: das Versehen, den Eibenmayer abgeschickt zu haben, wäre auch in der Tat nicht groß; inzwischen wünsche er, daß derselbe vorläufig, bis auf weiteren Befehl, in seiner Eigenschaft als Ankläger zu Wien nicht aufträte, und bat den Prinzen, deshalb das Erforderliche unverzüglich durch einen Expressen, an ihn zu erlassen. Der Prinz antwortete: daß dieser Befehl leider um einen Tag zu spät käme, indem der Eibenmayer bereits nach einem Berichte, der eben heute eingelaufen, in seiner Qualität als Anwalt aufgetreten, und mit Einreichung der Klage bei der Wiener Staatskanzlei vorgegangen wäre. Er setzte auf die betroffene Frage des Kurfürsten: wie dies überall in so kurzer Zeit möglich sei? hinzu: daß bereits, seit der Abreise dieses Mannes drei Wochen verstrichen wären, und daß die Instruktion, die er erhalten, ihm eine ungesäumte Abmachung dieses Geschäfts, gleich nach seiner Ankunft in Wien zur Pflicht gemacht hätte. Eine Verzögerung, bemerkte der Prinz, würde in diesem Fall um so unschicklicher gewesen sein, da der brandenburgische Anwalt Zäuner, gegen den Junker Wenzel von Tronka mit dem trotzigsten Nachdruck verfahre, und bereits auf eine vorläufige Zurückziehung der Rappen, aus den Händen des Abdeckers, behufs ihrer künftigen Wiederherstellung, bei dem Gerichtshof angetragen, und auch aller Einwendungen der Gegenpart ungeachtet, durchgesetzt habe. Der Kurfürst, indem er die Klingel zog, sagte: „gleichviel! es hätte nichts zu bedeuten!“ und nachdem er sich mit gleichgültigen Fragen: wie es sonst in Dresden stehe? und was in seiner Abwesenheit vorgefallen sei? zu dem Prinzen zurückgewandt hatte: grüßte er ihn, unfähig seinen innersten Zustand zu verbergen, mit der Hand, und entließ ihn. Er forderte ihm noch an demselben Tage schriftlich, unter dem Vorwande, daß er die Sache, ihrer politischen Wichtigkeit wegen, selbst bearbeiten wolle, die sämtlichen Kohlhaasischen Akten ab;

und da ihm der Gedanke, denjenigen zu verderben, von dem er allein über die Geheimnisse des Zettels Auskunft erhalten konnte, unerträglich war: so verfaßte er einen eigenhändigen Brief an den Kaiser, worin er ihn auf herzliche und dringende Weise bat, aus wichtigen Gründen, die er ihm vielleicht in kurzer Zeit bestimmter auseinander legen würde, die Klage, die der Eibenmayer gegen den Kohlhaas eingereicht, vorläufig bis auf einen weitern Beschluß, zurücknehmen zu dürfen. Der Kaiser, in einer durch die Staatskanzlei ausgefertigten Note, antwortete ihm: „daß der Wechsel, der plötzlich in seiner Brust vorgegangen zu sein scheine, ihn aufs äußerste befremde; daß der sächsischerseits an ihn erlassene Bericht, die Sache des Kohlhaas zu einer Angelegenheit gesamten heiligen römischen Reichs gemacht hätte; daß demgemäß er, der Kaiser, als Oberhaupt desselben, sich verpflichtet gesehen hätte, als Ankläger in dieser Sache bei dem Hause Brandenburg aufzutreten; dergestalt, daß da bereits der Hof-Assessor Franz Müller, in der Eigenschaft als Anwalt nach Berlin gegangen wäre, um den Kohlhaas daselbst, wegen Verletzung des öffentlichen Landfriedens, zur Rechenschaft zu ziehen, die Beschwerde nunmehr auf keine Weise zurückgenommen werden könne, und die Sache den Gesetzen gemäß, ihren weiteren Fortgang nehmen müsse." Dieser Brief schlug den Kurfürsten völlig nieder; und da, zu seiner äußersten Betrübnis, in einiger Zeit Privatschreiben aus Berlin einliefen, in welchen die Einleitung des Prozesses bei dem Kammergericht gemeldet, und bemerkt ward, daß der Kohlhaas wahrscheinlich, aller Bemühungen des ihm zugeordneten Advokaten ungeachtet, auf dem Schafott enden werde: so beschloß dieser unglückliche Herr noch einen Versuch zu machen, und bat den Kurfürsten von Brandenburg, in einer eigenhändigen Zuschrift, um des Roßhändlers Leben. Er schützte vor, daß die Amnestie, die man diesem Manne angelobt, die Vollstreckung eines Todesurteils an demselben, füglicher Weise, nicht zulasse; versicherte ihn, daß es, trotz der scheinbaren Strenge, mit welcher man gegen ihn verfahren, nie seine Absicht gewesen wäre, ihn sterben zu lassen; und beschrieb ihm, wie trostlos er sein würde, wenn der Schutz, den man vorgegeben hätte, ihm von Berlin aus angedeihen lassen zu wollen, zuletzt, in einer unerwarteten Wendung, zu seinem größeren Nachteile ausschlage, als wenn er in Dresden geblieben, und seine Sache nach sächsischen Gesetzen entschieden worden wäre. Der Kurfürst von Brandenburg, dem in dieser Angabe mancherlei zweideutig und unklar schien, antwortete ihm: „daß der Nachdruck, mit welchem der Anwalt kaiserlicher Majestät verführe, platterdings nicht erlaube, dem Wunsch, den er ihm geäußert, gemäß, von der strengen Vorschrift der Gesetze abzuweichen. Er bemerkte, daß die ihm vorgelegte Besorgnis in der Tat zu weit ginge, indem die Beschwerde, wegen der dem Kohlhaas in der Amnestie verziehenen Verbrechen ja nicht von ihm, der demselben die Amnestie erteilt, sondern von dem Reichsoberhaupt, das daran auf keine Weise gebunden sei, bei dem Kammergericht zu Berlin anhängig gemacht worden wäre. Dabei stellte er ihm vor, wie notwendig bei den fortdauernden Gewalttätigkeiten des Nagelschmidt, die sich sogar schon, mit unerhörter Dreistigkeit, bis aufs brandenburgische Gebiet erstreckten, die Statuierung eines abschreckenden Beispiels wäre, und bat ihn, falls er dies alles nicht berücksichtigen wolle, sich an des Kaisers Majestät selbst zu wenden, indem, wenn dem Kohlhaas zu Gunsten ein Machtspruch fallen sollte, dies allein auf eine Erklärung von dieser Seite her geschehen könne." Der Kurfürst, aus Gram und Ärger über alle diese mißglückten Versuche, verfiel in eine neue Krankheit; und da der Kämmerer ihn an einem Morgen besuchte, zeigte er ihm die Briefe, die er, um dem Kohlhaas das Leben zu fristen, und somit wenigstens Zeit zu gewinnen, des Zettels, den er besäße, habhaft zu werden, an den Wiener und Berliner Hof erlassen. Der Kämmerer warf sich auf Knieen vor ihm nieder, und bat ihn, um alles was ihm heilig und teuer sei, ihm zu sagen, was dieser Zettel enthalte? Der Kurfürst sprach, er möchte das Zimmer verriegeln, und sich auf das Bett niedersetzen; und nachdem er seine Hand ergriffen, und mit einem Seufzer an sein Herz gedrückt hatte, begann er folgendergestalt: „Deine Frau hat dir, wie ich höre, schon erzählt, daß der Kurfürst von Brandenburg und ich, am dritten Tage der Zusammenkunft, die wir in Jüterbock hielten, auf eine Zigeunerin trafen; und da der Kurfürst, aufgeweckt wie er von Natur ist, beschloß, den Ruf dieser abenteuerlichen Frau, von deren Kunst, eben bei der Tafel, auf ungebührliche Weise die Rede gewesen war, durch einen Scherz im Angesicht alles Volks zu nichte zu machen: so trat er mit verschränkten Armen vor ihren Tisch, und forderte, der Weissagung wegen, die sie ihm machen sollte, ein Zeichen von ihr, das sich noch heute erproben ließe, vorschützend, daß er sonst nicht, und wäre sie auch die römische Sibylle selbst, an ihre Worte glauben könne. Die Frau, indem sie uns flüchtig von Kopf zu Fuß maß, sagte: das Zeichen würde sein, daß uns der große, gehörnte Rehbock, den der Sohn des Gärtners im Park erzog, auf dem Markt, worauf wir uns befanden, bevor wir ihn noch verlassen, entgegenkommen würde. Nun mußt du wissen, daß dieser, für die Dresdner Küche bestimmte Rehbock, in einem mit Latten hoch verzäunten Verschlage, den die Eichen des Parks beschatteten, hinter Schloß und Riegel aufbewahrt ward, dergestalt, daß, da überdies anderen kleineren Wildes und Geflügels wegen, der Park überhaupt und obenein der Garten, der zu ihm führte, in sorgfältigem Beschluß gehalten ward, schlechterdings nicht abzusehen war, wie uns das Tier, diesem sonderbaren Vorgeben gemäß, bis auf dem Platz, wo wir standen, entgegenkommen würde; gleichwohl schickte der Kurfürst aus Besorgnis vor einer dahinter steckenden Schelmerei, nach einer kurzen Abrede mit mir, entschlossen, auf unabänderliche Weise, alles was sie noch vorbringen wurde, des Spaßes wegen, zu Schanden zu machen, ins Schloß, und befahl, daß der Rehbock augenblicklich getötet, und für die Tafel, an einem der nächsten Tage, zubereitet werden solle. Hierauf wandte er sich zu der Frau, vor welcher diese Sache laut verhandelt worden war, zurück, und sagte: nun, Wohlan! was hast du mir für die Zukunft zu entdecken? Die Frau, indem sie in seine Hand sah, sprach: Heil meinem Kurfürsten und Herrn! Deine Gnaden wird lange regieren, das Haus, aus dem du stammst, lange bestehen, und deine Nachkommen groß und herrlich werden und zu Macht gelangen, vor allen Fürsten und Herren der Welt! Der Kurfürst, nach einer Pause, in welcher er die Frau gedankenvoll ansah, sagte halblaut, mit einem Schritte, den er zu mir tat, daß es ihm jetzo fast leid täte, einen Boten abgeschickt zu haben, um die Weissagung zu nichte zu machen; und während das Geld aus den Händen der Ritter, die ihm folgten, der Frau haufenweise unter vielem Jubel, in den Schoß regnete, fragte er sie, indem er selbst in die Tasche griff, und ein Goldstück dazu legte: ob der Gruß, den sie mir zu eröffnen hätte, auch von so silbernem Klang wäre, als der seinige? Die Frau, nachdem sie einen Kasten, der ihr zur Seite stand, aufgemacht, und das Geld, nach Sorte und Menge, weitläufig und umständlich darin geordnet, und den Kasten wieder verschlossen hatte, schützte ihre Hand vor die Sonne, gleichsam als ob sie ihr lästig wäre, und sah mich an; und da ich die Frage an sie wiederholte, und, auf scherzhafte Weise, während sie meine Hand prüfte, zum Kurfürsten sagte: *mir*, scheint es, hat sie nichts, das eben angenehm wäre, zu verkündigen: so ergriff sie ihre Krücken, hob sich langsam daran vom Schemel empor, und indem sie sich, mit geheimnisvoll vorgehaltenen Händen, dicht zu mir heran drängte, flüsterte sie mir vernehmlich ins Ohr: nein! – So! sagt ich verwirrt, und trat einen Schritt vor der Gestalt zurück, die sich, mit einem

Blick, kalt und leblos, wie aus marmornen Augen, auf den Schemel, der hinter ihr stand, zurücksetzte: von welcher Seite her droht meinem Hause Gefahr? Die Frau, indem sie eine Kohle und ein Papier zur Hand nahm und ihre Kniee kreuzte, fragte: ob sie es mir aufschreiben solle? und da ich, verlegen in der Tat, bloß weil mir, unter den bestehenden Umständen, nichts anders übrig blieb, antwortete: ja! das tu! so versetzte sie: ›wohlan! dreierlei schreib ich dir auf: den Namen des letzten Regenten deines Hauses, die Jahreszahl, da er sein Reich verlieren, und den Namen dessen, der es, durch die Gewalt der Waffen, an sich reißen wird.‹ Dies, vor den Augen allen Volks abgemacht, erhebt sie sich, verklebt den Zettel mit Lack, den sie in ihrem welken Munde befeuchtet, und drückt einen bleiernen, an ihrem Mittelfinger befindlichen Siegelring darauf. Und da ich den Zettel, neugierig, wie du leicht begreifst, mehr als Worte sagen können, erfassen will, spricht sie: ›mit nichten, Hoheit!‹ und wendet sich und hebt ihrer Krücken eine empor: ›von jenem Mann dort, der, mit dem Federhut, auf der Bank steht, hinter allem Volk, am Kircheneingang, lösest du, wenn es dir beliebt, den Zettel ein!‹ Und damit, ehe ich noch recht begriffen, was sie sagt, auf dem Platz, vor Erstaunen sprachlos, läßt sie mich stehen; und während sie den Kasten, der hinter ihr stand, zusammenschlug, und über den Rücken warf, mischt sie sich, ohne daß ich weiter bemerken konnte, was sie tut, unter den Haufen des uns umringenden Volks. Nun trat, zu meinem in der Tat herzlichen Trost, in eben diesem Augenblick der Ritter auf, den der Kurfürst ins Schloß geschickt hatte, und meldete ihm, mit lachendem Munde, daß der Rehbock getötet, und durch zwei Jäger, vor seinen Augen, in die Küche geschleppt worden sei. Der Kurfürst, indem er seinen Arm munter in den meinigen legte, in der Absicht, mich von dem Platz hinwegzuführen, sagte: nun, wohlan! so war die Prophezeiung eine alltägliche Gaunerei, und Zeit und Gold, die sie uns gekostet nicht wert! Aber wie groß war unser Erstaunen, da sich, noch während dieser Worte, ein Geschrei rings auf dem Platze erhob, und aller Augen sich einem großen, vom Schloßhof herantrabenden Schlächterhund zuwandten, der in der Küche den Rehbock als gute Beute beim Nacken erfaßt, und das Tier drei Schritte von uns, verfolgt von Knechten und Mägden, auf den Boden fallen ließ: dergestalt, daß in der Tat die Prophezeiung des Weibes, zum Unterpfand alles dessen, was sie vorgebracht, erfüllt, und der Rehbock uns bis auf den Markt, obschon allerdings tot, entgegen gekommen war. Der Blitz, der an einem Wintertag vom Himmel fällt, kann nicht vernichtender treffen, als mich dieser Anblick, und meine erste Bemühung, sobald ich der Gesellschaft in der ich mich befand, überhoben, war gleich, den Mann mit dem Federhut, den mir das Weib bezeichnet hatte, auszumitteln; doch keiner meiner Leute, unausgesetzt während drei Tage auf Kundschaft geschickt, war im Stande mir auch nur auf die entfernteste Weise Nachricht davon zu geben: und jetzt, Freund Kunz, vor wenig Wochen, in der Meierei zu Dahme, habe ich den Mann mit meinem eigenen Augen gesehn." – Und damit ließ er die Hand des Kämmerers fahren; und während er sich den Schweiß abtrocknete, sank er wieder auf das Lager zurück. Der Kämmerer, der es für vergebliche Mühe hielt, mit seiner Ansicht von diesem Vorfall die Ansicht, die der Kurfürst davon hatte, zu durchkreuzen und zu berichtigen, bat ihn, doch irgend ein Mittel zu versuchen, des Zettels habhaft zu werden, und den Kerl nachher seinem Schicksal zu überlassen; doch der Kurfürst antwortete, daß er platterdings kein Mittel dazu sähe, obschon der Gedanke, ihn entbehren zu müssen, oder wohl gar die Wissenschaft davon mit diesem Menschen untergehen zu sehen, ihn dem Jammer und der Verzweiflung nahe brächte. Auf die Frage des Freundes: ob er denn Versuche gemacht, die Person der Zigeunerin selbst auszuforschen? erwiderte der Kurfürst, daß das Gubernium, auf einen Befehl, den er unter einem falschen Vorwand an dasselbe erlassen, diesem Weibe vergebens, bis auf den heutigen Tag, in allen Plätzen des Kurfürstentums nachspüre: wobei er, aus Gründen, die er jedoch näher zu entwickeln sich weigerte, überhaupt zweifelte, daß sie in Sachsen auszumitteln sei. Nun traf es sich, daß der Kämmerer, mehrerer beträchtlichen Güter wegen, die seiner Frau aus der Hinterlassenschaft des abgesetzten und bald darauf verstorbenen Erzkanzlers, Grafen Kallheim, in der Neumark zugefallen waren, nach Berlin reisen wollte; dergestalt, daß, da er den Kurfürsten in der Tat liebte, er ihn nach einer kurzen Überlegung fragte: ob er ihm in dieser Sache freie Hand lassen wolle? und da dieser, indem er seine Hand herzlich an seine Brust drückte, antwortete: „denke, du seist ich, und schaff mir den Zettel!" so beschleunigte der Kämmerer, nachdem er seine Geschäfte abgegeben, um einige Tage seine Abreise, und fuhr, mit Zurücklassung seiner Frau, bloß von einigen Bedienten begleitet, nach Berlin ab.

Kohlhaas, der inzwischen, wie schon gesagt, in Berlin angekommen, und, auf einen Spezialbefehl des Kurfürsten, in ein ritterliches Gefängnis gebracht worden war, das ihn mit seinen fünf Kindern, so bequem als es sich tun ließ, empfing, war gleich nach Erscheinung des kaiserlichen Anwalts aus Wien, auf den Grund wegen Verletzung des öffentlichen, kaiserlichen Landfriedens, vor den Schranken des Kammergerichts zur Rechenschaft gezogen worden; und ob er schon in seiner Verantwortung einwandte, daß er wegen seines bewaffneten Einfalls in Sachsen, und der dabei verübten Gewalttätigkeiten, kraft des mit dem Kurfürsten von Sachsen zu Lützen abgeschlossenen Vergleichs, nicht belangt werden könne: so erfuhr er doch, zu seiner Belehrung, daß des Kaisers Majestät, deren Anwalt hier die Beschwerde führe, darauf keine Rücksicht nehmen könne: ließ sich auch sehr bald, da man ihm die Sache auseinander setzte und erklärte, wie ihm dagegen von Dresden her, in seiner Sache gegen den Junker Wenzel von Tronka, völlige Genugtuung widerfahren werde, die Sache gefallen. Demnach traf es sich, daß grade am Tage der Ankunft des Kämmerers, das Gesetz über ihn sprach, und er verurteilt ward mit dem Schwerte vom Leben zum Tode gebracht zu werden; ein Urteil, an dessen Vollstreckung gleichwohl, bei der verwickelten Lage der Dinge, seiner Milde ungeachtet, niemand glaubte, ja, das die ganze Stadt, bei dem Wohlwollen das der Kurfürst für den Kohlhaas trug, unfehlbar durch ein Machtwort desselben, in eine bloße, vielleicht beschwerliche und langwierige Gefängnisstrafe verwandelt zu sehen hoffte. Der Kämmerer, der gleichwohl einsah, daß keine Zeit zu verlieren sein möchte, falls der Auftrag, den ihm sein Herr gegeben, in Erfüllung gehen sollte, fing sein Geschäft damit an, sich dem Kohlhaas, am Morgen eines Tages, da derselbe in harmloser Betrachtung der Vorübergehenden, am Fenster seines Gefängnisses stand, in seiner gewöhnlichen Hoftracht, genau und umständlich zu zeigen; und da er, aus einer plötzlichen Bewegung seines Kopfes, schloß, daß der Roßhändler ihn bemerkt hatte, und besonders, mit großem Vergnügen, einen unwillkürlichen Griff desselben mit der Hand auf die Gegend der Brust, wo die Kapsel lag, wahrnahm: so hielt er das, was in der Seele desselben in diesem Augenblick vorgegangen war, für eine hinlängliche Vorbereitung, um in dem Versuch, des Zettels habhaft zu werden, einen Schritt weiter vorzurücken. Er bestellte ein altes, auf Krücken herumwandelndes Trödelweib zu sich, das er in den Straßen von Berlin, unter einem Troß andern, mit Lumpen handelnden Gesindels bemerkt hatte, und das ihm, dem Alter und der Tracht nach, ziemlich mit dem, das ihm der Kurfürst beschrieben hatte, übereinzustimmen schien; und in der Voraussetzung, der Kohlhaas werde sich die Züge derjenigen, die ihm in einer flüchtigen Erscheinung den Zettel überreicht hatte, nicht eben tief eingeprägt haben, beschloß er, das gedachte Weib statt ihrer unterzuschieben, und bei Kohlhaas, wenn es sich tun ließe, die Rolle, als ob sie die Zigeunerin wäre, spielen zu lassen. Dem gemäß, um sie dazu in Stand zu setzen, unterrichtete er sie umständlich von allem, was zwischen dem Kurfürsten und der gedachten Zigeunerin in Jüterbock vorgefallen war, wobei er, weil er nicht wußte, wie weit das Weib in ihren Eröffnungen gegen den Kohlhaas gegangen war, nicht vergaß, ihr besonders die drei geheimnisvollen, in dem Zettel enthaltenen Artikel einzuschärfen; und nachdem er ihr auseinandergesetzt hatte, was sie, auf abgerissene und unverständliche Weise, fallen lassen müsse, gewisser Anstalten wegen, die man getroffen, sei es durch List oder durch Gewalt, des Zettels, der dem sächsischen Hofe von der äußersten Wichtigkeit sei, habhaft zu werden, trug er ihr auf, dem Kohlhaas den Zettel, unter dem Vorwand, daß derselbe bei ihm nicht mehr sicher sei, zur Aufbewahrung während einiger verhängnisvollen Tage, abzufordern. Das Trödelweib übernahm auch sogleich gegen die Verheißung einer beträchtlichen Belohnung, wovon der Kämmerer ihr auf ihre Forderung einen Teil im voraus bezahlen mußte, die Ausführung des besagten Geschäfts; und da die Mutter des bei Mühlberg gefallenen Knechts Herse, den Kohlhaas, mit Erlaubnis der Regierung, zuweilen besuchte, diese Frau ihr aber seit einigen Monden her, bekannt war: so gelang es ihr, an einem der nächsten Tage, vermittelst einer kleinen Gabe an den Kerkermeister, sich bei dem Roßkamm Eingang zu verschaffen. – Kohlhaas aber, als diese Frau zu ihm eintrat, meinte, an einem Siegelring, den sie an der Hand trug, und einer ihr vom Hals herabhängenden Korallenkette, die bekannte alte Zigeunerin selbst wieder zu erkennen, die ihm in Jüterbock den Zettel überreicht hatte; und wie denn die Wahrscheinlichkeit nicht immer auf Seiten der Wahrheit ist, so traf es sich, daß hier etwas geschehen war, das wir zwar berichten: die Freiheit aber, daran zu zweifeln, demjenigen, dem es wohlgefällt, zugestehen müssen: der Kämmerer hatte den ungeheuersten Mißgriff begangen, und in dem alten Trödelweib, das er in den Straßen von Berlin aufgriff, um die Zigeunerin nachzuahmen, die geheimnisreiche Zigeunerin selbst getroffen, die er nachgeahmt wissen wollte. Wenigstens berichtete das Weib, indem sie, auf ihre Krücken gestützt, die Wangen der Kinder streichelte, die sich, betroffen von ihrem wunderlichen Anblick, an den Vater lehnten: daß sie schon seit geraumer Zeit aus dem Sächsischen ins Brandenburgische zurückgekehrt sei, und sich, auf eine, in den Straßen von Berlin unvorsichtig gewagte Frage des Kämmerers, nach der Zigeunerin, die im Frühjahr des verflossenen Jahres, in Jüterbock gewesen, sogleich an ihn gedrängt, und, unter einem falschen Namen, zu dem Geschäfte, das er besorgt wissen wollte, angeraten habe. Der Roßhändler, der eine sonderbare Ähnlichkeit zwischen ihr und seinem verstorbenen Weibe Lisbeth bemerkte, dergestalt, daß er sie hätte fragen können, ob sie ihre Großmutter sei: denn nicht nur, daß die Züge ihres Gesichts, ihre Hände, auch in ihrem knöchernen Bau noch schön, und besonders der Gebrauch, den sie davon im Reden machte, ihn aufs lebhafteste an sie erinnerten: auch ein Mal, womit seiner Frauen Hals bezeichnet war, bemerkte er an dem ihrigen – der Roßhändler nötigte sie, unter Gedanken, die sich seltsam in ihm kreuzten, auf einen Stuhl nieder, und fragte, was sie in aller Welt in Geschäften des Kämmerers zu ihm führe? Die Frau, während der alte Hund des Kohlhaas ihre Kniee umschnüffelte, und von ihrer Hand gekraut, mit dem Schwanz wedelte, antwortete: „der Auftrag, den ihr der Kämmerer gegeben, wäre, ihm zu eröffnen, auf welche drei dem sächsischen Hofe wichtigen Fragen der Zettel geheimnisvolle Antwort enthalte; ihn vor einem Abgesandten, der sich in Berlin befinde, um seiner habhaft zu werden, zu warnen: und ihm den

Zettel, unter dem Vorwande, daß er an seiner Brust, wo er ihn trage, nicht mehr sicher sei, abzufordern. Die Absicht aber, in der sie komme, sei, ihm zu sagen, daß die Drohung ihn durch Arglist oder Gewalttätigkeit um den Zettel zu bringen, abgeschmackt, und ein leeres Trugbild sei; daß er unter dem Schutz des Kurfürsten von Brandenburg, in dessen Verwahrsam er sich befinde, nicht das Mindeste für denselben zu befürchten habe, ja, daß das Blatt bei ihm weit sicherer sei, als bei ihr, und daß er sich wohl hüten möchte, sich durch Ablieferung desselben, an wen und unter welchem Vorwand es auch sei, darum bringen zu lassen. – Gleichwohl schloß sie, daß sie es für klug hielte, von dem Zettel den Gebrauch zu machen, zu welchem sie ihm denselben auf dem Jahrmarkt zu Jüterbock eingehändigt, dem Antrag, den man ihm auf der Grenze durch den Junker vom Stein gemacht, Gehör zu geben, und den Zettel, der ihm selbst weiter nichts nutzen könne, für Freiheit und Leben an den Kurfürsten von Sachsen auszuliefern." Kohlhaas, der über die Macht jauchzte, die ihm gegeben war, seines Feindes Ferse, in dem Augenblick, da sie ihn in den Staub trat, tödlich zu verwunden, antwortete: nicht um die Welt, Mütterchen, nicht um die Welt! und drückte der Alten Hand, und wollte nur wissen, was für Antworten auf die ungeheuren Fragen im Zettel enthalten wären? Die Frau, inzwischen sie das Jüngste, das sich zu ihren Füßen niedergekauert hatte, auf den Schoß nahm, sprach: „nicht um die Welt, Kohlhaas, der Roßhändler; aber um diesen hübschen, kleinen, blonden Jungen!" und damit lachte sie ihn an, hetzte und küßte ihn, der sie mit großen Augen ansah, und reichte ihm, mit ihren dürren Händen, einen Apfel, den sie in ihrer Tasche trug, dar. Kohlhaas sagte verwirrt: daß die Kinder selbst, wenn sie groß wären, ihn, um seines Verfahrens loben würden, und daß er, für sie und ihre Enkel nichts Heilsameres tun könne, als den Zettel behalten. Zudem fragte er, wer ihn, nach der Erfahrung, die er gemacht, vor einem neuen

Betrug sicher stelle, und ob er nicht zuletzt, unnützer Weise, den Zettel, wie jüngst den Kriegshaufen, den er in Lützen zusammengebracht, an den Kurfürsten aufopfern würde? „Wer mir sein Wort einmal gebrochen“, sprach er, „mit dem wechsle ich keins mehr; und nur deine Forderung, bestimmt und unzweideutig, trennt mich, gutes Mütterchen, von dem Blatt, durch welches mir für alles, was ich erlitten, auf so wunderbare Weise Genugtuung geworden ist.“ Die Frau, indem sie das Kind auf den Boden setzte, sagte: daß er in mancherlei Hinsicht recht hätte, und daß er tun und lassen könnte, was er wollte! Und damit nahm sie ihre Krücken wieder zur Hand, und wollte gehn. Kohlhaas wiederholte seine Frage, den Inhalt des wunderbaren Zettels betreffend; er wünschte, da sie flüchtig antwortete: „daß er ihn ja eröffnen könne, obschon es eine bloße Neugierde wäre“, noch über tausend andere Dinge, bevor sie ihn verließe, Aufschluß zu erhalten; wer sie eigentlich sei, woher sie zu der Wissenschaft, die ihr inwohne, komme, warum sie dem Kurfürsten, für den er doch geschrieben, den Zettel verweigert, und grade ihm, unter so vielen tausend Menschen, der ihrer Wissenschaft nie begehrt, das Wunderblatt überreicht habe? – – Nun traf es sich, daß in eben diesem Augenblick ein Geräusch hörbar ward, das einige Polizei-Offizianten, die die Treppe heraufstiegen, verursachten; dergestalt, daß das Weib, von plötzlicher Besorgnis, in diesen Gemächern von ihnen betroffen zu werden, ergriffen, antwortete: „auf Wiedersehen Kohlhaas, auf Wiedersehn! Es soll dir, wenn wir uns wiedertreffen, an Kenntnis über dies alles nicht fehlen!“ Und damit, indem sie sich gegen die Tür wandte, rief sie: „lebt wohl, Kinderchen, lebt wohl!“ küßte das kleine Geschlecht nach der Reihe, und ging ab.

Inzwischen hatte der Kurfürst von Sachsen, seinen jammervollen Gedanken preisgegeben, zwei Astrologen, namens Oldenholm und Olearius, welche damals in Sachsen in großem Ansehen standen, herbeigerufen, und wegen des Inhalts des geheimnisvollen, ihm und dem ganzen Geschlecht seiner Nachkommen so wichtigen Zettels zu Rate gezogen; und da die Männer, nach einer, mehrere Tage lang im Schloßturm zu Dresden fortgesetzten, tiefsinnigen Untersuchung, nicht einig werden konnten, ob die Prophezeiung sich auf späte Jahrhunderte oder aber auf die jetzige Zeit beziehe, und vielleicht die Krone Polen, mit welcher die Verhältnisse immer noch sehr kriegerisch waren, damit gemeint sei: so wurde durch solchen gelehrten Streit, statt sie zu zerstreuen, die Unruhe, um nicht zu sagen, Verzweiflung, in welcher sich dieser unglückliche Herr befand, nur geschärft, und zuletzt bis auf einen Grad, der seiner Seele ganz unerträglich war, vermehrt. Dazu kam, daß der Kämmerer um diese Zeit seiner Frau, die im Begriff stand, ihm nach Berlin zu folgen, auftrug, dem Kurfürsten, bevor sie abreiste, auf eine geschickte Art beizubringen, wie mißlich es nach einem verunglückten Versuch, den er mit einem Weibe gemacht, das sich seitdem nicht wieder habe blicken lassen, mit der Hoffnung aussehe, des Zettels in dessen Besitz der Kohlhaas sei, habhaft zu werden, indem das über ihn gefällte Todesurteil, nunmehr, nach einer umständlichen Prüfung der Akten, von dem Kurfürsten von Brandenburg unterzeichnet, und der Hinrichtungstag bereits auf den Montag nach Palmarum festgesetzt sei; auf welche Nachricht der Kurfürst sich, das Herz von Kummer und Reue zerrissen, gleich einem ganz Verlorenen, in seinem Zimmer verschloß, während zwei Tage, des Lebens satt, keine Speise zu sich nahm, und am dritten plötzlich, unter der kurzen Anzeige an das Gubernium, daß er zu dem Fürsten von Dessau auf die Jagd reise, aus Dresden verschwand. Wohin er eigentlich ging, und ob er sich nach Dessau wandte, lassen wir dahin gestellt sein, indem die Chroniken, aus deren Vergleichung wir Bericht erstatten, an dieser Stelle, auf befremdende Weise, einander widersprechen und aufheben. Gewiß ist, daß der Fürst von Dessau, unfähig zu jagen, um diese Zeit krank in Braunschweig, bei seinem Oheim, dem Herzog Heinrich, lag, und daß die Dame Heloise, am Abend des folgenden Tages, in Gesellschaft eines Grafen von Königstein, den sie für ihren Vetter ausgab, bei dem Kämmerer Herrn Kunz, ihrem Gemahl, in Berlin eintraf. – Inzwischen war dem Kohlhaas, auf Befehl des Kurfürsten, das Todesurteil vorgelesen, die Ketten abgenommen, und die über sein Vermögen lautenden Papiere, die ihm in Dresden abgesprochen worden waren, wieder zugestellt worden; und da die Räte, die das Gericht an ihn abgeordnet hatte, ihn fragten, wie er es mit dem, was er besitze, nach seinem Tode gehalten wissen wolle: so verfertigte er, mit Hülfe eines Notars, zu seiner Kinder Gunsten ein Testament, und setzte den Amtmann zu Kohlhaasenbrück, seinen wackern Freund, zum Vormund derselben ein. Demnach glich nichts der Ruhe und Zufriedenheit seiner letzten Tage; denn auf eine sonderbare Spezial-Verordnung des Kurfürsten war bald darauf auch noch der Zwinger, in welchem er sich befand, eröffnet, und allen seinen Freunden, deren er sehr viele in der Stadt besaß, bei Tag und Nacht freier Zutritt zu ihm verstattet worden. Ja, er hatte noch die Genugtuung, den Theologen Jakob Freising, als einen Abgesandten Doktor Luthers, mit einem eigenhändigen, ohne Zweifel sehr merkwürdigen Brief, der aber verloren gegangen ist, in sein Gefängnis treten zu sehen, und von diesem geistlichen Herrn in Gegenwart zweier brandenburgischen Dechanten, die ihm an die Hand gingen, die Wohltat der heiligen Kommunion zu empfangen. Hierauf erschien nun, unter einer allgemeinen Bewegung der Stadt, die sich immer noch nicht entwöhnen konnte, auf ein Machtwort, das ihn rettete, zu hoffen, der verhängnisvolle Montag nach Palmarum, an welchem er die Welt, wegen des allzuraschen Versuchs, sich selbst in ihr Recht verschaffen zu wollen, versöhnen sollte. Eben trat er, in Begleitung einer starken Wache, seine beiden

Knaben auf dem Arm (denn diese Vergünstigung hatte er sich ausdrücklich vor den Schranken des Gerichts ausgebeten), von dem Theologen Jakob Freising geführt, aus dem Tor seines Gefängnisses, als unter einem wehmütigen Gewimmel von Bekannten, die ihm die Hände drückten, und von ihm Abschied nahmen, der Kastellan des kurfürstlichen Schlosses, verstört im Gesicht, zu ihm herantrat, und ihm ein Blatt gab, das ihm, wie er sagte, ein altes Weib für ihn eingehändigt. Kohlhaas, während er den Mann der ihm nur wenig bekannt war, befremdet ansah, eröffnete das Blatt, dessen Siegelring ihn, im Mundlack ausgedrückt, sogleich an die bekannte Zigeunerin erinnerte. Aber wer beschreibt das Erstaunen, das ihn ergriff, als er folgende Nachricht darin fand: „Kohlhaas, der Kurfürst von Sachsen ist in Berlin; auf den Richtplatz schon ist er vorangegangen, und wird, wenn dir daran liegt, an einem Hut, mit blauen und weißen Federbüschen kenntlich sein. Die Absicht, in der er kömmt, brauche ich dir nicht zu sagen; er will die Kapsel, sobald du verscharrt bist, ausgraben, und den Zettel, der darin befindlich ist, eröffnen lassen. – Deine Elisabeth." – Kohlhaas, indem er sich auf das äußerste bestürzt zu dem Kastellan umwandte, fragte ihn: ob er das wunderbare Weib, das ihm den Zettel übergeben, kenne? Doch da der Kastellan antwortete: „Kohlhaas, das Weib" – – und in Mitten der Rede auf sonderbare Weise stockte, so konnte er, von dem Zuge, der in diesem Augenblick wieder antrat, fortgerissen, nicht vernehmen, was der Mann, der an allen Gliedern zu zittern schien, vorbrachte. – Als er auf dem Richtplatz ankam, fand er den Kurfürsten von Brandenburg mit seinem Gefolge, worunter sich auch der Erzkanzler, Herr Heinrich von Geusau befand, unter einer unermeßlichen Menschenmenge, daselbst zu Pferde halten: ihm zur Rechten der kaiserliche Anwalt Franz Müller, eine Abschrift des Todesurteils in der Hand; ihm zur Linken, mit dem Konklusum des Dresdner Hofgerichts, sein eigener Anwalt, der Rechtsgelehrte

Anton Zäuner; ein Herold in der Mitte des halboffenen Kreises, den das Volk schloß, mit einem Bündel Sachen, und den beiden, von Wohlsein glänzenden, die Erde mit ihren Hufen stampfenden Rappen. Denn der Erzkanzler, Herr Heinrich, hatte die Klage, die er, im Namen seines Herrn, in Dresden anhängig gemacht, Punkt für Punkt, und ohne die mindeste Einschränkung gegen den Junker Wenzel von Tronka, durchgesetzt; dergestalt, daß die Pferde, nachdem man sie durch Schwingung einer Fahne über ihre Häupter, ehrlich gemacht, und aus den Händen des Abdeckers, der sie ernährt, zurückgezogen hatte, von den Leuten des Junkers dickgefüttert, und in Gegenwart einer eigens dazu niedergesetzten Kommission, dem Anwalt, auf dem Markt zu Dresden, übergeben worden waren. Demnach sprach der Kurfürst, als Kohlhaas von der Wache begleitet, auf den Hügel zu ihm heranschritt: Nun, Kohlhaas, heut ist der Tag, an dem dir dein Recht geschieht! Schau her, hier liefere ich dir alles, was du auf der Tronkenburg gewaltsamer Weise eingebüßt, und was ich, als dein Landesherr, dir wieder zu verschaffen, schuldig war, zurück: Rappen, Halstuch, Reichsgulden, Wäsche, bis auf die Kurkosten sogar für deinen bei Mühlberg gefallenen Knecht Herse. Bist du mit mir zufrieden? – Kohlhaas, während er das, ihm auf den Wink des Erzkanzlers eingehändigte Konklusum, mit großen, funkelnden Augen überlas, setzte die beiden Kinder, die er auf dem Arm trug, neben sich auf den Boden nieder; und da er auch einen Artikel darin fand, in welchem der Junker Wenzel zu zweijähriger Gefängnisstrafe verurteilt ward: so ließ er sich, aus der Ferne, ganz überwältigt von Gefühlen, mit kreuzweis auf die Brust gelegten Händen, vor dem Kurfürsten nieder. Er versicherte freudig dem Erzkanzler, indem er aufstand, und die Hand auf seinen Schoß legte, daß sein höchster Wunsch auf Erden erfüllt sei; trat an die Pferde heran, musterte sie, und klopfte ihren feisten Hals; und erklärte dem Kanzler, indem er wieder zu ihm zurückkam, heiter: „daß er sie seinen beiden Söhnen Heinrich und Leopold schenke!" Der Kanzler, Herr Heinrich von Geusau, vom Pferde herab mild zu ihm gewandt, versprach ihm, in des Kurfürsten Namen, daß sein letzter Wille heilig gehalten werden solle: und forderte ihn auf, auch über die übrigen im Bündel befindlichen Sachen, nach seinem Gutdünken zu schalten. Hierauf rief Kohlhaas die alte Mutter Hersens, die er auf dem Platz wahrgenommen hatte, aus dem Haufen des Volks hervor, und indem er ihr die Sachen übergab, sprach er: „da, Mütterchen; das gehört dir!" – die Summe, die, als Schadenersatz für ihn, bei dem im Bündel liegenden Gelde befindlich war, als ein Geschenk noch, zur Pflege und Erquickung ihrer alten Tage, hinzufügend. – – Der Kurfürst rief: „nun, Kohlhaas, der Roßhändler, du, dem solchergestalt Genugtuung geworden, mache dich bereit, kaiserlicher Majestät, deren Anwalt hier steht, wegen des Bruchs ihres Landfriedens, deinerseits Genugtuung zu geben!" Kohlhaas, indem er seinen Hut abnahm, und auf die Erde warf, sagte: daß er bereit dazu wäre! übergab die Kinder, nachdem er sie noch einmal vom Boden erhoben, und an seine Brust gedrückt hatte, dem Amtmann von Kohlhaasenbrück, und trat, während dieser sie unter stillen Tränen, vom Platz hinwegführte, an den Block. Eben knüpfte er sich das Tuch vom Hals ab und öffnete seinen Brustlatz: als er, mit einem flüchtigen Blick auf den Kreis, den das Volk bildete, in geringer Entfernung von sich, zwischen zwei Rittern, die ihn mit ihren Leibern halb deckten, den wohlbekannten Mann mit blauen und weißen Federbüschen wahrnahm. Kohlhaas löste sich, indem er mit einem plötzlichen, die Wache, die ihn umringte, befremdenden Schritt, dicht vor ihn trat, die Kapsel von der Brust; er nahm den Zettel heraus, entsiegelte ihn, und überlas ihn: und das Auge unverwandt auf den Mann mit blauen und weißen Federbüschen gerichtet, der bereits süßen Hoffnungen Raum zu geben anfing, steckte er ihn in den Mund und verschlang ihn. Der Mann mit blauen und weißen Federbüschen sank, bei diesem Anblick, ohnmächtig, in Krämpfen nieder. Kohlhaas aber, während die bestürzten Begleiter desselben sich herabbeugten, und ihn vom Boden aufhoben, wandte sich zu dem Schafott, wo sein Haupt unter dem Beil des Scharfrichters fiel. Hier endigt die Geschichte vom Kohlhaas. Man legte die Leiche unter einer allgemeinen Klage des Volks in einen Sarg; und während die Träger sie aufhoben, um sie anständig auf den Kirchhof der Vorstadt zu begraben, rief der Kurfürst die Söhne des Abgeschiedenen herbei und schlug sie, mit der Erklärung an den Erzkanzler, daß sie in seiner Pagenschule erzogen werden sollten, zu Rittern. Der Kurfürst von Sachsen kam bald darauf, zerrissen an Leib und Seele, nach Dresden zurück, wo man das Weitere in der Geschichte nachlesen muß. Vom Kohlhaas aber haben noch im vergangenen Jahrhundert, im Mecklenburgischen, einige frohe und rüstige Nachkommen gelebt.